朱丽叶游纽约
Juliette à New York

Rose-Line Brasset

[加拿大] 罗丝-莉娜·布拉塞 著

彭 怡 译

海天出版社
·深圳·

图书在版编目（CIP）数据

朱丽叶游纽约 / (加) 罗丝-莉娜·布拉塞著；彭怡译. — 深圳：海天出版社, 2021.1
（朱丽叶游世界）
ISBN 978-7-5507-2881-3

Ⅰ.①朱… Ⅱ.①罗… ②彭… Ⅲ.①游记－作品集－加拿大－现代 Ⅳ.①I711.65

中国版本图书馆CIP数据核字(2020)第053724号

版权登记号　图字：19-2019-147号
Titre original: Juliette à New York
Rose-Line Brasset
Copyright © 2014, Éditions Hurtubise inc.

朱丽叶游纽约
ZHULIYE YOU NIUYUE

出 品 人	聂雄前
责任编辑	林凌珠
插　　图	安　琦
责任校对	赖静怡
责任技编	梁立新
装帧设计	龙瀚文化

出版发行	海天出版社
地　　址	深圳市彩田南路海天综合大厦（518033）
网　　址	www.htph.com.cn
订购电话	0755-83460239（邮购、团购）
设计制作	深圳市龙瀚文化传播有限公司 0755-33133493
印　　刷	中华商务联合印刷（广东）有限公司
开　　本	787mm×1092mm　1/32
印　　张	6.75
字　　数	95千
版　　次	2021年1月第1版
印　　次	2021年1月第1次
定　　价	29.80元

版权所有，侵权必究。
凡有印装质量问题，请随时向承印厂调换。

献给朱丽叶、吉娜和卡罗琳娜,满怀深情

目 录

4月1日星期三 1

4月2日星期四 35

4月3日星期五 78

4月4日星期六 100

4月5日星期天 136

4月6日星期一 159

4月7日星期二 164

4月8日星期三 178

跟着朱丽叶游纽约 185

    纽约旅游小贴士 185

    词汇表 201

    纽约简史 204

    纽约编年史 205

    问　卷 207

    答　案 210

4月1日星期三

上午6点45分

"朱丽叶——特!起床了!"

"知道了!"

"朱——丽——叶——特!起——床——了!"

"好了,好了!我听到了!"

"朱丽叶特!快起床,赶快吃早饭!"

"噢!"

"朱丽叶特!"

"等等!我这就起床了!"

行行好,别喊了!

我叫朱丽叶,13岁,我讨厌我的名字。我的朋友们都叫我"珠儿"而不是叫我"朱丽叶"。这个名字以"特"结尾,跟"单簧管""小铃铛""小喇叭"谐音。①而且,老妈每天早上6点45分都震耳欲聋地喊这个名字。

我把枕头压在头上,低声抱怨。可怜可怜我吧!起这么早太不人道了!让我再睡两分钟……

"朱丽——叶——特!"

"啊!"我也大喊起来,"听到了。我又不是聋子。我已经对你说了,我这就起床!"

我的房门突然大开,老妈出现在门口。

"我有话要跟你说,朱丽叶,快起床!"

"我现在没有时间,妈妈。不能等到今天晚上吗?"

"真的不能。我写了一封信,你要交到学校办公室去。"

她递给我一张一折为三的纸。

"这是什么?"

我还没有完全睁开眼睛,脑子还糊里糊涂的。我艰难地从被子里抽出一条腿,然后又抽出另一条,接着才坐在床沿上,向老妈递给我的那张纸条

---

① "朱丽叶"法语名"Juliette"的发音以"t"结尾,但"特"一般不译。法语"单簧管""小铃铛""小喇叭"的发音均以"t"结尾。

4月1日星期三

伸出手去。

"你要把这封信交给学校办公室,因为你下星期要请假一周。我们今晚就去纽约。"

"什么?"

我肯定是听错了!

"我接到了一个任务,要写一篇关于纽约的文章。事情昨天晚上才定下来,那时你已经睡着了。我们将在吃晚餐的时间上飞机。"

"等等!"

我用尽全力让自己的脑子清醒过来,然后睁大眼睛,张开嘴,想念一念老妈亲笔署名的这封信。信是写给校长助理吉贝尔先生的。

"我下午3点10分去学校接你。我们的飞机是晚上6点的。到了学校千万别忘了把信交给办公室。"

"你在说笑吗?这是开玩笑的吧?"

我把信放在床上。

"我只有10分钟时间准备行李。"

我扫了一眼放在床边地上的iPad,它刚响,想把我叫醒。一切都清楚了。iPad的屏幕告诉我,今天是4月1日星期三,老妈在跟我开一个大玩笑呢!好吧好吧！不过，这个玩笑还是开得有点过了。要让我上钩还缺一点料。我跳到地上，懵着头，跌跌撞撞地走向门口，想去浴室。

"妈，别来这套。我不会上你的当的。我知道今天是4月1日。"

"什么？"

她拿起信，一直追到浴室门口，惊讶得让我不敢相信自己的眼睛，我过了好一会儿才缓过神来。

"如果你准备今晚去纽约，三个星期前你就会不分白天黑夜跟我唠叨了。所以，别想用你愚人节的'鱼'来诱我上钩。我可没么好骗！"

"你说什么呀！这不是愚人节的'鱼'，而是一份合同。你要知道，这是为了赚钱，这张纸头可以到杂货店去换食品。"

"这没错呀，妈。"

"朱丽叶，你这是在浪费我们的时间。"

她把信放在浴室的台子上，然后转身回自己房间去了。我听到她打开了我的壁柜。不，她想干什么？我赶紧跑过去看个究竟。她把我带轮子的行李箱拿了出来，往里面扔东西。

4月1日星期三

"妈,你这是干什么?行了,放下吧!"

"你都看见了,我在准备行李。既然你不把我的话当真,我只好亲自动手。"

该死!她的玩笑越开越大了。我还真不知道老妈这么幽默。

"嗨!别开玩笑了!你不会真的要我们去纽约吧?"

"我们的飞机晚上6点起飞。我已经声嘶力竭地向你重复了15分钟。我没有早跟你说,是因为万一去不了,我不想让你白高兴一场。"

两种想法终于钻进了我的脑海。第一种:在这场旅行中我没有合适的衣服,那是一场灾难!第二种:我有好多天不用上课了。这太好了!

"这么说,我要缺课了?"

"很抱歉,下周要缺两天课,但我没有别的选择。幸亏复活节假期今晚就要开始。千万别忘了把这封写给吉贝尔先生的信交到办公室。"

我脸上露出了大大的笑容。现在,我完全清醒了。缺课两天,这是可以接受的。我应该能追回来的。老妈的意思是我们要在纽约过一个星期?这可太好了。除非……

"你说的真的是纽约市,而不是位于纽约州某个名字都叫不上来的谁都不知道的小城吧?"

"宝贝,我跟你说的是纽约市,美国最大的城市,它有五个区,布朗克斯区(The Bronx)、布鲁克林区(Brooklyn)、曼哈顿区(Manhattan)、皇后区(Queens,又译'昆斯区')、斯塔滕岛(Staten Island),800多万人口。在浴室里收拾好你的洗漱用品,行吗?"

"我的天哪!这太好了!"

我很想扑过去拥抱她,公开向她表示我快乐的心情,但我突然意识到,校车45分钟以后就要到了,我还得洗澡、穿衣、收拾行李和带上午餐赶校车。我一秒钟也不能耽误,要立即行动起来。十万火急!我冲到放脏衣服的篓子面前,拿出我灰色的运动服、白色的长袖羊毛开衫、粉红色的齿形文胸和老妈圣诞节时送我的红色小裙子。它们皱巴巴的,我把它们举到鼻子前,小心地闻了闻。哦,不!味道有点难闻。灾难啊!算了,我就穿得邋里邋遢去纽约的第五大道吧!全城人都会嘲笑我的!我真是生活在地狱中啊!

4月1日星期三

让我们从头说起吧!我是珠儿·贝鲁贝,跟母亲玛丽安娜·贝鲁贝一起生活。我很爱她。总的来说,大部分时间是这样……她心情好的时候,人非常好。问题不在这里。说实话,问题在于她好像总以为自己还在20世纪80年代或90年代。这么说吧,她有一种倾向,老是想让我们进入某些滑稽的状态中。我给大家举个例子吧,她放弃了收入不菲的护士工作,以实现她当旅行专栏作者的梦想。也就是说,她要给许多国家写文章和书。"厉害!"每个人都对我这样说。是的!这样看起来很酷,但请你相信我,并不总是那么回事。事实上,在大多数情况下,她的文章和书写的都是一些又难懂又乏味的主题,如17世纪加泰罗尼亚的绘画、纪念第二次世界大战末第22皇家军团荷兰艾塞尔河登陆,或者是魁北克女歌手对法国新一代艺术家的影响等。哼!她40岁生日那天,当她向我宣布这个消息时,我好像一点都不感冒。最大的问题在于,自从她产生了这个"天才的"主张之后,她的工资少了一半。于是我们不得不更换所住的街区,又把面包车换成一辆二手的"雅力士",也不像以前那样有钱去大肆购物了……

这可不由我说了算！妈妈好像比以前更开心，笑得更多了，而我却在心里暗暗地问自己：每次学校放假我都要跟老妈出去旅行，还有什么比这更糟的事吗？至于我父亲，我不认识他，天知道如果他在的话，我的生活又会怎么样。

我回到房间，忙着打开所有的抽屉。

"你别管了，我来负责你的行李箱。"

"可是，妈妈，你会忘了最重要的东西的。我会没有衣服穿的，会像个真正的穷光蛋！"

"不会的，你看，我的灰姑娘，只要把你喜欢的衣服都带上就行了。我毕竟还是了解你的。"

"你能不能把我放在脏衣服堆里的东西都洗了？"

她看着我，一副嘲讽的样子，说：

"我想也包括你扔在房间地板上、床底下、五斗橱里的和椅子上的东西吧？"

嗨！我不喜欢她拿我开涮。

"啊，你洗吧，我不反对！"

"当然，走之前我会把你的东西都洗掉。所以，宝贝，别担心。"

4月1日星期三

她抱住我的双肩，笑着拥抱我。我轻轻地挣脱开来。我的老妈，必要时她会暖心得不得了。可我在想，她什么时候才能不再老是轻吻我，还不断地用一些以"特"结尾的小名来叫我。

我刚刚穿好衣服，还来不及梳头就已经到了得跑去坐校车的时间了。妈妈在门口把一个装着午餐的袋子递给我。我朝车站的方向飞跑而去，只听到她在我身后大声地问：

"你拿上信了吗？"

"拿了，妈。"

"千万别忘了，下午3点10分我坐出租车到你学校门口去接你！"

"不，妈！"

"怎么了？"

"我说错了。好的，我会在那里等你的！"

上午7点45分

我跑得像疯子一样去赶校车。上了车，我才真正意识到是怎么回事。这是最后一天上学，我很快就要去见"大苹果"了。The Big Apple! 太好了！去年秋天，英语老师告诉我们，这是20世纪70年代以后人们给纽约这座城市所取的名字。我在想为什么起这个名字……有一件事可以肯定：那座城市到处都是商店！显然，我应该可以找到一大堆漂亮极了的新款衣服。要是早点知道，上周末我就去加尼埃太太家里替她看护她的三个孩子，而不去我最好的朋友吉娜家里睡觉，参加她的睡衣派对①了。现在，我很不幸地口袋空空。不过，问题不大，有妈妈呢……

吉娜已经在车上了。我过去坐在她旁边。

"你好！"

"你好！"

"你猜猜！"

"猜什么？你母亲要带你去纽约过复活节？"

她大笑起来。我气都喘不过来了。

"你怎么知道的？"

她的笑容消失了。

---

① 睡衣派对，20世纪20年代出现在西方的一种私人晚会，参与者大多为女孩，穿睡衣，聊天玩耍至深夜甚至通宵。

4月1日星期三

"你不会是在跟我说笑吧？这不是真的吧？我刚才是在跟你开玩笑呢！你不会整个假期都出去吧？为什么你不早点告诉我？"

"我妈刚刚才告诉我。"

我尽量不惹她生气或引起她的妒忌。我的朋友吉娜，就是我从来不曾有的姐妹，我和她将是一辈子的朋友！问题是，每次放假，我妈都拉着我去坐飞机，从一个时区飞到另一个时区，去参观一些我甚至在地理课上都没听说过的国家。在这种情况下要培养友谊可不那么容易。我已经听人说过："缺课去旅行，这一定非常酷！太幸运了！"算了吧，你弄错了。事实恰恰相反，远非如此。

起初，我是觉得挺不错的，但事实其实是另一回事。在"酷"的评分上，如果导致从来不能跟朋友们一起度假，不管是复活节假期还暑假，那这事只能拿一个低分。每当我有两天假期或假期和周末连在一起，母亲总是带着我飞向另一片天空。这意味着：长周末不能和伙伴们一起开派对，夏天的晚上不能去滑板公园，元旦之夜不能和我的朋友吉娜一起过，国庆节的晚上不能在街区看烟火。只要是假期，就要准备行李箱，到跟这个世界一样古老的旅游景点去参观，而且是跟母亲去。每当她来到一个比她年龄大三倍的建筑物前面，她都会激动得泪眼汪汪。

不用说，成堆的功课落下了。回到家里，我常常就得没日没夜地补功课。我要说，那可真是个噩梦啊！不过，这次也许是个例外。纽约，哇！我得掐着自己的手指才敢相信这是真的。我希望能去看看自由女神像（Statue of Liberty）！

吉娜的声音突然把我带回到现实。

"真没劲！假期我又要一个人过了。"

"啊，吉娜，对不起。"

"幸亏这次吉诺在这里。不过，这会吓里莱特姐妹一跳。"

"你说什么？"

想到吉诺和吉娜一起玩，不带上我，我隐约有点难受，但很快就释然了。真是的！我这是怎么了？

吉诺又不属于我，尽管有时候我想入非非……

"月亮玛丽和太阳玛丽知道你比她们先去纽约，她们会气疯的。这种胜利虽然小但有把握。"

4月1日星期三

她大笑起来,我也跟着笑了,心中的阴霾随之而散。里莱特姐妹是中学四年级的两个蠢女孩(其中一个留级了,所以两人在同一个班里),她们将在学年结束时和英语老师一起为同学们组织一场为期三天的纽约之行。我和吉娜不怎么喜欢她们,首先是因为她们俩总是高高在上,看不起我们,仅仅因为我们是中学二年级的学生……还因为她们经常跟比尔和布尔一起出去玩。那两个"太妃糖(toffees)"①经常在学校的操场里偷偷地抽烟。我们当然对里莱特姐妹很反感,尤其是,啊,太可恶了!我们拒绝了她们的"邀请",不买她们出售的巧克力。她们想靠卖巧克力赚来的钱当旅费呢!从此,我们之间的冲突就变得公开了。

"你们究竟去那里干什么?"

"啊,像以前一样。你知道我妈这个人的,她会拉我去一家家博物馆,让我连喘气的机会都没有。这其实很无聊。"

"你是在嘲笑我吧?在不夜城过复活节假期很无

---

① "太妃糖"在这里有"笨蛋"的意思。

聊？格温妮丝·帕特洛（Gwyneth Paltrow）、德鲁·巴里摩尔（Drew Barrymore）和莎拉·杰西卡·帕克（Sarah Jessica Parker）[①]好像都住在那里。"

"噗！都是些老演员了！"

"也许吧，但纽约也有许多说唱[②]歌手，比如说Jay-Z[③]。说不定你会突然撞见碧昂丝（Beyoncé）[④]正在跟她的男神在一家大商场给他们的孩子买衣服呢！"

"你觉得有这种可能吗？"

"当然有！为什么没有？妹妹，你是去纽约！你一定要想办法去唐人街（Chinatown）。据说在那里能用很低的价格买到很多好东西。"

---

① 格温妮丝·帕特洛（1972—   ），美国演员，1998年因出演《莎翁情史》获第71届奥斯卡最佳女主角奖；德鲁·巴里摩尔（1975—   ），美国演员，2001年出演的影片《与男孩同车》入围奥斯卡奖；莎拉·杰西卡·帕克（1965—   ），美国演员，1998年开始出演电视剧集《欲望都市》，其后凭该剧连续三年赢得金球奖电视剧类最佳女主角奖及艾美奖的肯定。

② 说唱，一种有节奏地说话的特殊歌唱形式，通常被认为诞生于纽约的布朗克斯区。

③ Jay-Z（1969—   ），原名肖恩·科里·卡特，美国说唱歌手、音乐制作人、商人、经纪人。

④ 碧昂丝·吉赛尔·诺斯（1981—   ），美国歌手，2017年获全英音乐奖最佳国际女歌手奖，2019福布斯100名人榜排名第20位。

4月1日星期三

"真的吗?"

"这话是我说的。两年前,我父母去过那里,我妈带回来很多便宜货。"

"我记下了。"

"你能给我买个小纪念品吧?"

"一言为定。"

这一天,从下校车开始,我和吉娜就在一个个教室里叽里呱啦,讨论我可能会遇到的说唱明星,弄得我真的激动起来了!我会不会真的在中央公园(Central Park)的哪条马路的角落邂逅某个大明星?我在想,单向组合(One Direction)①的那五个小伙子会住在哪里呢?假如……哈哈!

我再也等不及了。现在几点钟了?时间过得实在太慢了,什么时候才到下午3点10分啊!

---

① 单向组合(简称1D),来自英国与爱尔兰的男子组合,成员为奈尔·霍拉尼(Niall Horan)、塞恩·马利克(Zayn Malik)、利亚姆·佩恩(Liam Payne)、哈里·斯泰尔斯(Harry Styles)和路易·汤姆林森(Louis Tomlinson)。

下午3点10分

铃声刚响,我就飞快地冲向我的储物柜,想拿了东西就往校门口跑。半路上,我迎面碰到了英俊的吉诺。还没开口,我的脸就红得像个番茄。真倒霉!

"你好像很急的样子,珠儿。"

"啊,是你呀,吉诺。怎么样?"

"我很好。你呢?你好像要到纽约去?"

"是的,我妈在外面等我。"

"太酷了!据说那里的每个街角都有街舞。"

"街舞是什么?"

"就是在街头跳舞呀!一些年轻人跳舞,然后伸出帽子要钱。真棒!"

"嗯,是的。我也听说过。"

"你有照相机吗?"

"我有一部小iPad。"

"你会把照片放到'照片墙(Instagram[①])'上吗?"

[①] Instagram,一款能随时分享图片的社交应用软件。

4月1日星期三

"当然。"

"那好,再见,玩得愉快!"

他弯腰对我做了个鬼脸,别提我的脸有多红了!糟糕!我鼻子上有几个红斑,脸红起来的时候一定很难看!不幸啊!

吉诺是我在中学里最好的男性朋友。我有点不好意思承认的是,最近每次看到他,我就忍不住脸红。

完了,我又该让人取笑了!为什么我当着其他男孩的面从来不会脸红呢?当托马斯、凯文或马努搂住我时,我会像石头一样无动于衷,尽管我很喜欢他们,他们也很喜欢我……这是怎么回事?别胡思乱想了!我迅速关上储物柜的门,向学校大门跑去,很快就看见妈妈已在出租车里等我。

"你真拖拉,朱丽叶!"

"跟平常一样啊!"

"没错。但我们今天要去纽约,你没忘记吧?"

我叹了口气,还不耐烦地翻了下白眼。

"我记着呢,妈!"

每次出行,她都很紧张。现在,她的脸从白变紫,脾气好像马上就要爆发了。妈呀,她太紧张了！但愿我老了的时候不会像她这样。我有时想，她不会是因为害怕坐飞机的缘故吧。我可是喜欢飞起来的感觉。如果我不晕机那就好了……

下午4点

机场里人满为患，行李称重和托运都要排队。我不知道妈妈在我的行李箱里放了些什么，它为什么那么重呢？

"我的箱子满了，鞋子放不下，所以我就把放不下的东西放在你的行李箱里了。"老妈说。

"可搬箱子的是我！"

"我的箱子也一样重。你就别抱怨了。"

当然，鞋子很重要。我和妈妈穿的鞋尺码是一样的，所以，这很省事。尽管我们的品位不尽相同……行李一放上传送带，航空公司的女职员就把登机牌递给了我们。接着，我们就去了安检区。这是我最不喜欢的时刻。在那里，必须把口袋里的东西都掏出来，还要脱掉鞋子，把所有的东西，包括手提行李，统统放在一个塑料盒里过X光或是我不知道是

4月1日星期三

什么的射线，它能看穿我们的布袋子。我的个人用品、日记、与我从不分离的长毛绒大象以及做成长毛绒狗熊状的糖果被人看见，我可不太乐意。

之后，我们出示护照，经过一个拱门似的东西，几个海关工作人员对我们进行了仔仔细细的检查。哼哼。越来越糟！接着，我们终于可以取回我们的鞋子和其他个人用品，去登机口了。登机口的号码就写在登机牌上。由于经常旅行，我和妈妈已经养成了一个小习惯。一到登机区域，我们就到小商店看一看。妈妈在那里买了两本杂志和一包口香糖，我买了最新一期的《时尚手册》（*Teen Vogue*）、一瓶水和两板巧克力。哇，真好吃！假期现在才真正开始。

下午5点

还要等1个小时。在《时尚手册》中，有几张贾斯汀·比伯（Justin Bieber）[①]和他所谓的新女友的照

[①] 贾斯汀·比伯（1994— ），加拿大歌手。

片。我在想,这些东西会不会都是真的,这些故事不会是编出来卖钱的吧?我很想知道,如果我在曼哈顿街头遇到他,他会觉得我怎么样……但我想得最多的还是吉娜会不会对我们共同的朋友吉诺有什么想法……不!不可能!否则,她早就对我说了。无论如何,她是我最好的朋友。对我有所好感的男生,她绝对不敢有什么非分之想的,哪怕是"一点点"。这完全可以肯定。应该说,她对我也不是一无所知,她知道……总之……知道我不讨厌那个吉诺!不是因为他属于我,而是自从这个学年开始以来,他上地理课的时候都坐在我旁边。吉诺有一头垂肩的黑色秀发,还有一双漂亮的手。他的肩膀也很宽阔,他比我高。我身高1米72,同年级的男生比我高的不多。而且,他笑起来的时候,就像一枚闪亮的钱币。他十分可爱,我深信他在对我暗送秋波。好了,别胡思乱想了!在这本《时尚手册》里,关于贾斯汀·比伯还说了些什么?

4月1日星期三

下午6点

登机很顺利。人不多,所以飞机才这么小。这架飞机比校车大不了多少,却想在空中飞翔,让人觉得不是太放心。现在我既然想到了,我肯定就有所担心了。啊,不!我忘了是否服用老妈给我买水时递给我的晕机药了。没有办法核实,因为我的背包在我座位上方的行李舱中。

"妈!"

"什么事,宝贝?"

"我想我忘了吃'晕机灵'了。"

"没有,宝贝,我看见你吃了。"

"也许吧!但我还是有点难受。至少,我想……"

"没事的。是不是起飞让你有点紧张?"

"我不知道。"

"你怎么了,宝贝?你满脸通红!快,到这里来。"

她搂住我,我的头在她的肩膀上靠了一会儿。知道自己还能依靠她,我心里感到踏实多了。

"妈妈?"

"什么事?"

"你觉得我们到了纽约以后可以去一趟阿贝克隆比与费奇(Abercrombie & Fitch[①])吗?我在网上查过,时代广场(Times Square)那里有一家。"

她突然抽回胳膊,把我推开:

"啊,不!你不能又这样!我们到纽约不是去购物的。我是去那里工作的,朱丽叶。"

"好了好了,当我没说。你也没必要这么生气嘛!"

我刚才是怎么跟你们说的?我生活在地狱中。我妈她动不动就神经过敏,这让我太生气了。我只希望她的旅行安排不要太满,能让我稍稍喘口气。不过,我的胸口现在已经不难受了。它总是这样不知不觉就好了。

晚上8点30分

我们刚刚降落在肯尼迪国际机场。纽约和魁北克之间没有时差。取了行李之后,我们就不紧不慢

[①] Abercrombie & Fitch,1892年创立于纽约的美国休闲服饰品牌,深受年轻人青睐。

4月1日星期三

地过了海关。真正的美国海关!然后,我们去找大门。拖着那么重的行李可不容易,我知道箱子有滑轮,但它实在太重了,况且我还背着背囊,拿着小包包。该死的鞋子!

晚上9点30分

天气非常暖和,出租车把我们送到了位于43街250号的卡特酒店,就在时代广场旁边。我们刚刚下车,两个女孩,一个高高大大,一头金发,另一个一头火红色的头发,没等我们拿下行李就往车上挤。要么是她们真的十万火急,要么是这地方的出租车如此稀缺,以至于要强行抢。司机倒好像并没有因此而生气,他把行李交给我们之后,静静地等老妈给了他小费才上车。那两个女孩,也许是非常刁钻的纽约人,好像比我大不了几岁。十八九岁的样子吧!她们长发及腰,大腿修长,穿着贴身的牛仔裤和很夸张的高跟靴,确实很酷。如果能跟吉娜一起来纽约玩,那就太棒了!我在想,这两个女孩去哪儿呢?也许是去饭店,也许是去电影院。我喜欢看电影。

酒店的风格有点过时了,但既然是雇佣妈妈的那家报社付的钱,那也没什么可抱怨的了。这里的酒店价格好像有点高。我已经决定了,长大后也要当记者或作家。

"我第一次来纽约也是住在这里,当时我还是一个大学生。"老妈有点激动地说。

这么说,她是怀旧来了!但愿酒店已经翻修过。"上了一定年纪"的人好像都怀念过去的时代,这种习惯可真奇怪!请注意,当我到了我妈的年龄,我也许会怀念我的"青春年华"的。

办完开房手续,我们便上了22楼去客房,放下行李。

晚上9点45分

好吧!显然,自从我妈上次来过之后,这里什么都没有改变,连灰尘也……床罩呢,这么说吧,它都有点累了,地毯上还有一个可疑的斑点。

"可这里的景色好极了,可以看到时代广场的大屏幕。而且,房间里有两张床,还有一张书桌,

4月1日星期三

时代广场

可以放电脑。"老妈对我说。

我马上就选了里面的那张床,靠窗。我一头扎到床垫上,想试试它的舒适度。但我马上就坐起来了……不管怎么说,现在不是放松的时候。我肚子空空,急着想去城里逛逛。

"我饿死了。"妈妈说。她找到了她初恋的地方,一脸满意的神情,"你想出去吃点东西吗?"

"耶!"

"穿上外套。我们回来的时候该转凉了。"

晚上10点

我们来到了百老汇大道(Broadway Avenue)。这条大道上有很多戏院和剧院,挂着巨大的屏幕和几层楼高的广告牌。这里的一切都是超大的。尽管已是夜晚,但大街上人来人往,好像还是白天似的。

"妈,你看见了吗?大部分商店还开着门。"

"嗯。对。不过,我们先在这里找一家不太贵的饭店,好吗?"

"我可没说不行。"

她有时可真让人扫兴！但我记住了，这里有一家霍利斯特（Hollister①）和一家Forever 21②。

我们听到音乐声有一会儿了。到了百老汇和42街交会处，我们看见了一群人。

"也许是跳街舞的。"老妈说。

"真的吗？我想去看看。"

我们走过去，钻进在人行道上围成一圈看热闹的人群。地上有架收录机，放着特拉姆斯迪斯科乐队（The Trammps）的一首歌曲，《迪斯科地狱》（*Disco Inferno*）。音乐的节奏很强烈，行人们都停下来跟着拍掌。三个年龄介于13岁到19岁的黑人青少年在音乐声中做了一些大胆的动作，单手倒立，踮着脚尖旋转，简直让人不敢相信。他们肌肉发达，表演精彩。我以前甚至都不知道还能头朝下、仅靠一只手倒立。哇！我惊呆了。

突然，好像来了一个什么人。一个小家伙，5岁

---

① Hollister，美国高端休闲服饰品牌Abercrombie & Fitch旗下的一个副线品牌。
② Forever 21，深受美国青少年喜欢的大众时尚服饰品牌，在全球都有许铺店。

左右的一个小男孩。也许是这三个年轻人的弟弟，至少我是这么希望的。可这个时候他在外面干什么？他明天早上不上学吗？他穿着黑色的帆布鞋和一条黑色的运动短裤，上身穿白色的紧身衣，头戴一顶黑帽子。天气很凉，好在我外套里面穿了一件棉衬衣。那个可怜的小家伙不会着凉吧？我注意到他穿着帆布鞋的脚没穿袜子。现在轮到他旋转了。他双手撑地，双脚腾空，满脸带笑，再来几个定格动作，太帅了！我想当场就收留他。但在这之前，我给吉娜和吉诺拍了许多照片。

"天哪，"老妈说，"不知道他是否有母亲照顾。"

我朝她看了一眼。果然，她眼泪都出来了。如果我没有马上把她拉开，离开那里，不到5分钟，她就会冲向那个乐队，打听是谁负责照顾这个小孩，并且迫不及待地要办理领养手续。

"走了，妈。我都饿死了。"我拉着她的衣袖说。

"等1分钟。"

她在钱包里摸索着，拿出一张5美元的纸币。

"把这个给他。"

说心里话，有借口接近那个孩子我还是很高兴的，他也让我深受震动。这会儿，他正把帽子反过来伸向观众，绕场一周，观众们纷纷往里扔硬币，也有几张纸币。我决定跟他聊聊天。（我从来没想过哪天会感谢把英语课引入我们学校的人！）

"Hi! What's your name?"（"你好！你叫什么名字？"）

"Troy."（"我叫特洛伊。"）

"This is for you, Troy!"（"这是给你的，特洛伊！"）

当我把5美元放到他帽子里的时候，他的脸上露出了笑容。

"Thank you, beautiful."（"谢谢，漂亮的小姐姐。"）他回答我说。

他十分可爱地向我眨了眨眼。太迷人了！我在想那几个人是不是他哥哥，于是朝他们那个方向看去。

"Are they your brothers?"（"他们是你哥哥吗？"）

"Yes. Do you want to meet them?"（"是的。你想认识他们吗？"）

"No! No!"（"不！不！"）

真的不用。这下，我的脸又红了。他们跳得太好了！就差他的哥哥们过来看我的大红脸了。该走人了。但我还是很想知道这个小男孩的母亲在什么地方。

"Where is your mother?"（"你母亲在哪里？"）

"She passed away a long time ago."（"她早就去世了。"）

他说这话的时候低下了头。他妈妈早就去世了。可怜的孩子……他甚至都有可能不认识他妈妈……他突然调转身，把帽子向其他人递去。我和妈妈有点伤心地离开了这个地方。特洛伊和他的哥哥们在睡觉之前能挣到足够的钱好好地吃一顿吗？他们有地方睡觉吗？

这个意外的插曲败坏了我的胃口，想起我们正准备去餐馆，我觉得有点惭愧。显然老妈跟我的心情差不多，因为她突然建议道："我们要不就别去餐馆了，到这些小店里买点东西吃算了。"

说着，她指着一个流动快餐档，那里有撒盐粒的薄饼、热狗、爆米花、汽水和矿泉水。

"好啊！"

说实话，是焦糖爆米花的味道勾起了我的食

欲。妈妈要了两个热狗、两个热薄饼和一袋爆米花。售货员很随和的样子。当妈妈感谢他的时候，他笑了。我们在热狗上浇了番茄酱和芥末酱，妈妈还加了一点酸菜。噗！尽管她说"很好吃"，我却觉得味道不太好。呕！

"你等着吧，到了我这个年龄，你也会喜欢的。"

"好吧，你怎么说都行。"

她总是乱说！事实不是这样的。这些大人，他们怎么搞的，老以为大家到了他们那个年龄的时候会像他们一样。我并不想说我妈真的"老"了，但她也不再年轻，她好像从来没有意识到我们是那么不同。这让我很生气。

"你知道吗？热狗是在纽约发明的。"老妈咬了一口热狗，问我。

"不知道。"

"据说，19世纪的时候，纽约有一个卖香肠的人，由于别人向他抱怨说香肠太烫手，他就想了一个办法，让面包店给他做些小小的白面包，把香肠夹在里面。"

"是这样吗？"

"这是一种说法，但好像还有其他好几种传说。有一点可以确定，1871年，一个名叫查尔斯·费尔特曼（Charles Feltman）的德国肉店老板，在布鲁克林开了第一家热狗餐馆。后来他又在纽约康尼岛（Coney Island）的海滩上开了一个热狗亭，也是在布鲁克林。现在，纽约到处都是热狗店，它们是这座城市的象征之一，说它是大众食物一点都不夸张。据说，最好的热狗还是在康尼岛。"

"布鲁克林在什么地方？"

"那是纽约的一个区，在著名的布鲁克林大桥（Brooklyn Bridge）的另一头。"

"哦！"

老妈对这里了如指掌，这真让人不敢相信！但关于海滩的事我听进去了。但愿母亲没有忘记把我的泳衣放进箱子里。

晚上11点50分

我们在百老汇溜达了很长时间，看着行人来来往往，观赏着大屏幕，最后才精疲力竭地回到酒店。

4月1日星期三

我急着想知道明天的活动是怎么安排的。

妈妈在淋浴和涂防皱霜的时候,我跟吉娜在FaceTime①上视频聊了会儿天。

"嘿!"

"嗨,珠儿!你到了!"

"当然。"

"怎么样?"

"很不错!到处都是高楼大厦和流动的热狗商贩。你知道热狗就是在这里被发明出来的吗?"

"真的吗?"

"是的。还有,这里好像还有一片沙滩。"

"太棒了。你们去购物了吗?"

"唉,还没呢。我妈什么都听不进去……但我看见霍利斯特和Forever 21了。"

"太棒了!你看见帅小伙了吗?"

"看见一个,但跟我不般配。"

"说说。"

---

① FaceTime,苹果公司iOS系统和Mac OS X系统内置的一款视频通话软件,通过Wi-Fi或者蜂窝数据接入互联网。

"他可能只有5岁左右,是个在街上跳舞的小孩。"

"太好玩了!你是说他真的在街上跳舞?"

"是的。跳完后他拿出帽子来收钱。"

"太有意思了。"

"你想看照片吗?"

"当然。"

"我把它们放到Instagram上。我妈洗完澡了。我们明天再聊,好吗?"

"好的。明天见!"

糟糕,我忘了问她今晚是否见吉诺了!

关了床头灯后,我却有点睡不着。我竟然在离家那么远的地方!自从今天早晨老妈大喊"朱丽叶特"把我吵醒到现在,时间好像已经过去一个世纪。白天各种活动的情景在我头脑中回放。我在寻思,在这里生活会对我产生什么影响。我想象自己和下出租车时遇到的那两个时髦女郎组成一个街舞三人组,跟特洛伊和他那三个肌肉非常发达的哥哥比赛。想着想着,我就睡过去了。

4月2日星期四

上午7点

我是被汽车的喇叭声吵醒的。我看了看窗外,马路上已经全是出租车了。这里好像习惯像疯子一样按喇叭来缓解他们对交通拥堵的焦虑情绪。

"在纽约有一点好处,就是大部分参观的地方都可以步行或坐地铁去。"母亲一边起床一边打着哈欠,说。

"我们今天干什么?"

"我已经准备了一张行程单。"她笑着从电脑包里拿出一张纸,"首先,我们去吃早饭,吃完后我带你去纽约中央火车站(Grand Central Terminal),然后去参观布赖恩特公园(Bryant Park)。有人在纽约公共图书馆(The New York Public Library)等我,就在公园旁边。最后，如果在午餐前还有时间，我们就去杜莎夫人蜡像馆（Madame Tussauds）看看。"

我没有发言权。老妈都给我安排好了！一个车站，一座公园，一个图书馆，加上杜什么夫人的博物馆。我讨厌博物馆。失望之下，我问：

"我们是否可以分开一段时间，让我去商店买东西呢？昨晚我看见……"

"不行。"老妈的态度很坚决，"我们不是在席库提米①，而是在纽约，这是美国人口最多的城市，有800多万居民。你是第一次到这里来，在这里一个人都不认识，所以你要紧紧地跟着我，明白吗？"

"可是……"

"没有可是！我不想再听你说什么。"

我早就料到了！风尘仆仆，在一个比一个没意思的地方参观一个星期！我一边淋浴一边发牢骚，故意花更长的时间洗头吹头。让她尝尝"甜头"！

"快，朱丽叶！我们要迟到了！"

"等等！我不想出去的时候头发还是湿的。"

太让人失望了！

---

① 席库提米，加拿大魁北克地名。

4月2日星期四

上午8点

刚出酒店,我就看见地上有个蓝色的东西在发亮光,走过去一看,原来是个天蓝色的鳄鱼皮钱包。我弯腰把它捡了起来。

"妈,看我捡到了什么!"

"啊!"

我打开钱包,一眼就看到里面有本驾驶证。

"是一个名为阿丝特里德·楚米的女孩的,她1995年2月16日出生,住在瑞士的洛桑。"

"可怜的女孩!她可能是来纽约旅行的,却丢了她最重要的东西。太倒霉了!幸亏是我们捡到。我们先留着,一有机会就寄给她。里面有钱吗?"

根据驾照上的照片,主人是金发、碧眼、身高1米7。那个不幸的女孩原来长这个样子。要是我能长成她那样,我愿付出任何代价。我迅速地数了数她的钱,哇,而且她还很有钱!

"有523美元。"

"那我们就更要尽快还给她了。"

奇怪的是,这个女孩的面孔我似曾相识。我不认识瑞士的任何人,不过……我皱了皱眉头,把钱包放进了我的包里。

上午8点30分

我们在潘兴广场(Pershing Square)的一家餐馆里坐下来,它位于42街,就在我们酒店后面。好像什么都扫不了我亲爱的妈妈的好兴致。应该说,我们的早餐相当棒!我选择了比利时燕麦、核桃华夫饼加100%纯优质枫糖浆、新鲜草莓和掼奶油,我把碟子装得满满的。太好吃了!老妈总是吃谷麦类食物,她选择了扁豆煮鸡蛋和藜麦(噗!),还有菠菜浇黄油龙蒿汁,盘子大到让她惊讶得瞪圆了眼睛。分量那么大,他们这里也太不节制了!

妈妈并不是严格意义上的素食者,在食物方面,她的口味有点复杂。只要有可能,她就要吃有机的谷类食物,吃很多水果和蔬菜,茶必须是绿茶而不是红茶。她从来不喝咖啡,也不让我碰汽水。这种习惯她是从我外婆那里继承来的。我外婆是20世纪70年代的嬉皮士,在一个农场里与她的三个女友将我母亲抚养大。她的那三个女友也有自己的孩子。在我母亲出生之前,我外婆好像在纽约州参加过伍德斯托克摇滚音乐节(Woodstock Rock Festival)。

她听过贾尼斯·乔普林(Janis Joplin)和卡洛斯·桑塔纳(Carlos Santana)甚至"谁人乐队(The Who)"[①]的音乐。可想而知我外婆有多老了!

上午9点30分

吃完早餐,我们就穿过马路去纽约中央火车站。在帮妈妈拉开沉重的大门时,我还在想她去那里做什么。她首先把我带到大厅的中央,那里熙熙攘攘、密密麻麻的人群像蚂蚁一样。那地方很大,

---

① 贾尼斯·乔普林(1943—1970),美国摇滚女歌手。《滚石》评出的"史上最伟大50名摇滚音乐家"中,乔普林名列第四十六位,居其前的女性仅有艾瑞莎·弗兰克林与麦当娜。卡洛斯·桑塔纳(1947—),墨西哥裔的美国音乐家,《滚石》杂志2003年将他列为"100位最伟大吉他手"的第20名,他获得过10个格莱美奖和3个拉丁格莱美奖,并入选1998年摇滚名人堂。"谁人乐队"是1964年在伦敦成立的摇滚乐队,共4名成员。

整个建筑有点像一座古城堡,石砌的楼梯,夹层有精雕细刻的护杆。我不禁大为震惊。

"现在,抬头往上看。"妈妈对我说。

我抬起头,发现天花板上画满了美得让人窒息的星星。星空上是各种星座,壮观得让我目瞪口呆。

"纽约中央火车站是世界上最大的火车站,它1913年落成,有44个站台,37条铁轨,共两层。"

我扫视着车站,还看到了信息牌上方的一个巨型四面钟。太壮观了!我突然觉得这地方很熟悉,而且,灯火通明。

"我认识这个钟,"我说,"我小时候在电影《马达加斯加》(*Madagascar*)里见过它无数次,就是你送给我的那张DVD。动物们试图搭火车,但没有成功。故事就发生在这里吧?"

妈妈大笑起来。

"你说得对。我想起来了!在电影《复仇者联盟》(*The Avengers*)中,钢铁侠(Iron Man)、美国队长(Captain America)、绿巨人(Hulk)、雷神(Thor)等超级英雄在车站前面的马路上和车站大厅里搏斗。你想起来了吧?事实上,很多电影都在

4月2日星期四

中央火车站

这里取景。这是一个神奇的地方。"

"哇！真的很漂亮。"

我惊讶得不敢相信这是真的。

"跟我来。"老妈拉着我的手，走向一家名为"中央火车站牡蛎酒吧（Grand Central Oyster Bar）"的餐馆，然后突然停下来，说：

"你待在这里，千万别动，我去去就来。"

她迅速转身走远了，然后在20来米的地方停住。很神秘。我好像看见她的嘴唇在动。得，她昏了头，开始自言自语，我听见她的声音在我耳边回响：

"朱丽叶！你能听到我说话吗？"

这不可能！她在喊还是怎么的？她会把大家的注意力都吸引到我们身上的。但我在这里怎么能这么清楚地听到她说话？这里面肯定有奥妙！这时，她笑着走回我身边。

"听见我说话了吗？"

"当然听见了。你怎么回事，竟然当着车站那么多人的面大喊我的名字？"

她笑了，说：

"我并没有喊你的名字，小乖乖，而是轻轻地叫了一下你的名字。"

我是在做梦，还是她刚才真的当着大家面叫我"小乖乖"？

"我们是在回音廊里，"她若无其事地继续说，"陶瓷墙的每一个面都能把声音反弹回来，这个小厅就以此闻名。声音在这里会被无限放大，所以，如果你不想整个火车站的人都听到我们的小秘密，说话最好还是小声点。"

对我来说，这是在引起别人注意之前就离开这里的一个"绝好"理由。

"这太神奇了！好了，妈妈，咱们走吧。"

上午10点

走出车站，我就听到了音乐声。这是Jay-Z的歌曲当中我最喜欢的一首。难道是……我伸长脖子。哦！不是，是特洛伊和他的哥哥们，他们又在表演，正在兴头上。每天有那么多人经过这地方，要想在1个小时内弄到尽可能多的钱，这里当然是最理想的地方。难怪这小男孩好像不分白天黑夜都在干活！

"这次,不能停下脚步,"妈妈拉着我的胳膊说,"我们今天事情很多。"

"可是,妈妈……"

"宝贝,我们没有时间!"

"你看,她又来了。"我低声对自己说。我们要参观一家图书馆和一个博物馆。哦!我当然无话可说,因为她才是老板。我很后悔跟老妈一起出来旅行。

在曼哈顿找路并不难。这个岛是按照四四方方的框架划分的,大道(Avenue)从北到南,街(Street)从东到西。街道编号从1到218(直到上城北端),大道编号从1(城东边)到12[沿着哈得孙河(Hudson River)]。有些大道在这个网格中有交错,名字不一样,如麦迪逊大道(Madison Avenue)、公园大道(Park Avenue)、莱辛顿大道(Lexington Avenue)或者百老汇大道。我们现在继续沿着42街往布赖恩特公园和纽约公共图书馆走。

"这是纽约市立图书馆的最大分馆,藏书5200万本,是美国第二大公共图书馆,仅次于华盛顿哥伦比亚特区(Washington D.C.)的美国国会图书馆。"

当我们来到图书馆正门的时候,妈妈这样告诉我。门口的两头巨大的石狮子一副威风凛凛的样子。

"啊!真的?"

我要是对它感兴趣,那可就奇了怪了!今天天气那么好,那么暖和,我不相信我们会把自己关在这个巨大的图书仓库里,我宁愿爬到狮子的背上,看着人们经过……

"布赖恩特公园紧挨着图书馆,是经常光顾中城(midtown)或在中城工作的纽约人最喜欢的休闲处,中城在曼哈顿的中段。"我的"私人导游"(她好像没有发现她是多么让人厌烦)接着介绍说。

公园中等大小,有很多盛开的木棉花,还有不少桌子和小酒馆的那种椅子,许多位置都是空的。这地方确实很惬意。不得不说,这公园很美。

"公园里甚至有免费的Wi-Fi,"老妈笑着补充说,"你可以在这里打发时间。"

"你为什么这么说?你要去干什么?"

"你带iPad了?"

"带了。"我指了指背囊,说。

"有人在图书馆里等我。你跟我进去转个小圈,如果你还想逛逛这个公园，就回到这里来等我。"

"好啊！"

我们登上台阶，回到图书馆巨大的门前。这栋建筑由许多石柱支撑，我又忍不住地惊叹了。它看起来更像是一座希腊神庙而不是一家图书馆……我在想，我的历史老师卡耶尔先生是否来过这里。如果来过，他也一定会喜欢的。历史并不是我喜欢的科目，但我很喜欢卡耶尔先生，尤其是当他跟我们说起他夏天的旅行时。

图书馆的里面跟外面差不多，馆内有许多层，巨大的台阶从一层通往另一层。大阅览室让我想起了电影《哈利·波特》（*Harry Potter*）中格兰芬多学院（Gryffondor）的教室，但我最喜欢的是一楼，因为儿童和青少年读物就在那里，有许多彩色的坐垫和可供出借的书籍、CD、DVD及游戏。一眼看去，到处都是在母亲、父亲或者是双亲的陪伴下的孩子……

公共区域的参观结束了，妈妈在办公室门口跟我分手。

"你能找到出口吗？"

"当然。"

4月2日星期四

纽约公共图书馆

"你乖乖地坐在公园里,不要跟任何人说话。如果有人纠缠你,你就回这里来等我。听到了吗?"

"船长,我听得很清楚。"

"朱丽叶,我不是开玩笑。这里有8……"

"纽约有800多万居民,还不算游客、来自别处的绑架儿童的人和变态者。我知道了,妈妈!别啰啰唆唆的啦,我不会在公园里跟朋友们聊40分钟就消失在野外的!我13岁了,不是3岁!"

我夸张地短叹一声。

"没错,我们不能大意。"

她打算在我的鼻尖上吻一下,我及时闪开了。

"别当着别人的面,妈!"

"走吧,待会儿见!"

啊,终于一个人清静了两分钟了。谢天谢地。回到公园,我在树荫下找了一张椅子和一张桌子。这里真的是太舒服了。现在气温起码有20摄氏度,而在我的老家魁北克可能还不到5摄氏度。一股醉人的花香飘过来。原来在我旁边,有一大丛红色和紫色的风信子,我喜欢这类春天开花的植物的芬芳,这里的风信子应该比魁北克的早开花至少一个月。我能来

4月2日星期四

这里真是太幸运了。我在想吉诺和吉娜在做什么。我看了看吉娜是否在FaceTime上。哈哈,她在线。

"嗨,你好吗?"

"我很好。你在哪里?今天怎么样?"

"很好啊,就是有点无聊,我去哪儿都得跟着我妈。我现在在纽约公共图书馆旁边的一个公园里。妈妈在图书馆里跟别人见面,我在等她。"

"你一个人在公园里?不怕吗?"

"我没什么好怕的呀。真的。大家都在做自己的小生意,没空理我,我就四处看看咯。很惬意!而且,这里很暖和,到处都盛开着鲜花。你想看看吗?"我把iPad的摄像头对准我对面的地方,让她能欣赏我看到的景象。

"太幸福了!看起来真的很漂亮!这里在下雨,真想换换环境……我特别想跟你在一起!"

"是啊,如果我们能在一起,那就会有趣得多。"

"吉诺好像有亲戚在波士顿,这个周末他可能会去看他们。"

"啊,不会吧?你是什么时候见到他的?波士顿好像离纽约不是太远。"

（我想我说到这里就脸红了。该死的FaceTime！吉娜看见了吗？）

"我不知道……等等，我去查查谷歌。"

"对，去查查。"

（但愿在她查阅的时候我的脸色能恢复正常……）

"波士顿位于马萨诸塞州东部，距纽约345公里。"

"哦。"

"345公里，这算不了什么。开车不用三个半小时。"

"可我妈才不会这么想呢！你是什么时候看见吉诺的？"

（我装出并不怎么感兴趣的样子……）

"昨天晚上在滑板公园。去完图书馆你们准备干什么？"

"我妈想带我去参观一个博物馆。可怕！好像是什么夫人的博物馆……"

"杜莎夫人蜡像馆吧？"

"应该是吧！"

"你知道自己有多幸福吗？那是在纽约最热门的活动之一。蜡像馆展出一些名人原型大小的蜡像，酷似真人。有罗伯特·帕丁森（Robert Pattinson）、泰勒·洛特纳(Taylor Lautner)[①]等很多人的,好像像得不得了。"

"真的吗?我还以为那又是一家乏味的博物馆!"

"不,绝对不是!我敢保证。我太想去那里了。你真的不知道自己有多幸运。而且,听说有一个展厅里全都是音乐明星的蜡像,贾斯汀·比伯的也在其中。"

"太棒了!你觉得'单向组合'成员们的也会在那里吗?"

"我不知道。如果它们在的话,你能不能拍几张照片给我?"

"没问题,我保证。"

"谢谢。假如你见到了查宁·塔图姆(Channing Tatum)[②]的……"

[①] 罗伯特·帕丁森(1986—),英国演员,曾在电影《暮光之城》中饰演吸血鬼爱德华·卡伦。泰勒·洛特纳(1992—),美国演员,曾在《暮光之城》中出演雅各布·布莱克。

[②] 查宁·塔图姆(1980—),美国演员,2006年因出演电影《足球尤物》《舞出我人生》和《圣徒指南》而成名,2012年被美国《人物》杂志评为年度最性感男士,2015年居福布斯全球演员富豪榜第14位,同年,其主演的《木星上行》在中国上映。

"假如我见到他的,我一定拍。啊,我妈回来了。我得走了。再见,吉娜!"

"下次再聊。玩得愉快!"

互联网万岁!多亏了吉娜,我在这里才没那么孤单。友谊,确实非常宝贵!

上午11点

"宝贝,没出什么事吧?"

我耸耸肩:

"我能出什么事?"

"别生气嘛,我只是想确认你一切都好。你跟朋友聊过天了吗?"

"聊了,跟吉娜。妈,你告诉我,我们现在要去的那家博物馆叫什么名字?"

"杜莎夫人蜡像馆。"

"太棒了!那好像是一个很不错的博物馆。你就不能早点告诉我吗?"

她大笑起来:

"可爱的小宝贝,你总是这么乖。我很高兴你喜欢那个地方。那好,走吧!"

"为什么?我说什么了?"

我们一路走一路看,42街真是一条美丽的大街。有许多鞋店和服装店,想看吗?我发现,甚至连我老妈都不能不动心。在一家靴子店的玻璃橱窗前,我觉得她快要晕倒了,那里有20世纪80年代风格的各种颜色的靴子。

"哎,走了,妈妈。你不会不让我去参观那个博物馆吧?"

"好的好的,这就走。"

蜡像馆的正门就在旁边,显眼得很,不可能看不见。贾斯汀·比伯的蜡像在一楼亲自迎接我们。我激动极了。

"你看见了吗,妈?哇!"

中午12点30分

出来时,我饿了。多么有意思的地方!我和妈妈在里面参观得很愉快,我们拍了无数张照片。我与泰勒·洛特纳、爱因斯坦(Einstein)和贾斯汀·比伯

（这种排列很滑稽吧？）的蜡像，妈妈与布拉德·皮特（Brad Pitt）[1]、贝拉克·奥巴马（Barack Obama）和查理·卓别林（Charlie Chaplin）的蜡像拍了照。我也替吉娜拍了许多照片，今晚就可以上传Instagram了！既然都已经开拍，我也就给吉诺拍几张，拍艾丽西亚·凯斯（Alicia Keys）和泰勒·斯威夫特（Taylor Swift）[2]的蜡像。总之，作为一个博物馆，它一点都不乏味。正如吉娜对我说过的那样，这个博物馆分好几个部分，但参观人数最多的无疑是那个叫作"开幕晚会（Opening Night Party）"的展厅，那里展出了一些当红的美国名人的蜡像。我们明显感觉到自己也成了"晚会"的宾客，体验着独一无二的时光。在这个大厅里，妈妈一定要我装作跟约翰尼·德普（Johnny Depp）[3]

---

[1] 布拉德·皮特（1963— ），美国演员、制片人，多次获奥斯卡最佳男主角提名。

[2] 艾丽西亚·凯斯（1981— ），美国女歌手、演员、作家。泰勒·斯威夫特（1989— ），美国流行音乐、乡村音乐创作型女歌手，音乐制作人、演员、慈善家。

[3] 约翰尼·德普（1963— ），美国演员，多次获金球奖提名，其自编自导自演的《英雄少年历险记》获第50届戛纳电影节金棕榈奖提名，1999年获第24届法国荣誉恺撒奖。

说话的样子拍几张照。太刺激了！但天下没有不散的筵席。

"饿了吗，女儿？"

"如果自由女神像是巧克力做的，我都能把它整个儿吞掉。"

"我知道离这里不远的地方有家餐馆，你一定会喜欢的。走！"

中午12点45分

现在我们坐在了"小芝士蛋糕（Junior's Cheesecake）"里面，这是一家家庭餐馆，门口正中间摆放着一个巨大的蛋糕展台。

"芝士蛋糕对纽约人来说就像华夫饼之于比利时人。"妈妈告诉我说，"这家餐馆好像是这方面的圣地。"总之，餐馆里弥漫着一股让人怀旧和垂涎的香气，里面的一切都粉刷成红一道白一道。妈妈看了很久的菜单，然后要了一份牛肉三明治，我早就选择好了。我发现这家餐馆里有意面，意面是我最喜欢吃的东西，所以我理所当然地要了肉酱意大利面。我总是想吃意面,每天都想吃,从来吃不厌。每当我们到餐馆里进餐,假如菜单上有意面,我肯定会点它。

妈妈的三明治的分量已经让人瞠目结舌了,但与神态文雅的侍应生摆在我面前的那盘意面比起来,真是小巫见大巫。让我大喜过望的是,浇着肉酱的意面堆得高高的,外加五个大大的牛肉丸。耶!终于有人懂得做合我口味的面条了。这还不算,妈妈还给自己要了一罐啤酒,给我要了草莓香蕉奶昔。哇!真美味!不过,半个小时后,我发现自己可能吃不完这盘面条……

侍应生给我们拿来一个打包袋(doggie bag),也就是一个纸袋,里面有一个发泡胶的餐盒,方便我们把吃不完的食物打包带走。我很乐意,但我们的房间里既没有冰箱,也没有微波炉,所以只好放弃。

"而且,发泡胶很不环保。"妈妈说。

很遗憾。不过,不可能不尝尝蛋糕就离开。我们每人要了一块。这里的芝士蛋糕奶油很厚,顶上放了很多大大的草莓,非常出名。我嘴里塞满蛋糕,说:

"这单高真好迟!"

4月2日星期四

"你说什么?"

"多次。"

"我听不懂,朱丽叶,把嘴里东西吃干净再说。"

我喝了一口牛奶,咽下嘴里的蛋糕(蛋糕也许有点大),说:

"这蛋糕真的不错,好吃!"

"嗯,你说得对。这是我吃过最好吃的蛋糕。"

出了餐厅,我们可以说是挪步而不是走路。妈妈本来打算"愉快地"参观摩根图书馆(Morgan Library),一个收藏了很多珍稀图书的图书馆,但她现在突然有了一个更好的主张。

"你知道,我不想整个下午都去翻阅布满灰尘的图书……我需要动一动,而不是坐在某个角落。我们去商店逛逛,消消食,你说怎么样?"

"你不是开玩笑吧?"

"我是说真的。你知道吗,我们就在梅西百货商场(Macy's)旁边?那是一家大商场。"

"太好了!"

妈妈心情好的时候确实非常可爱!我不是说笑。

下午2点

我们从42街来到百老汇,直至看见那家著名的美国商场的巨大门面。它位于34街,在先驱广场(Herald Square)上,其实就在帝国大厦(The Empire State Building)脚下。梅西百货占了整个建筑群,其招牌是红底上有颗巨大的白色星星。哇!

"它有10层,占地面积19.85万平方米,据说是世界上最大的商场。"我妈说,"总之是最大的连锁商店,它在全世界差不多有650家分店。"

"里面究竟卖什么?我希望不单是卖家庭用品吧?"

"你看了就知道了……走!"

她突然激动得像个孩子!应该说,梅西百货非常像阿里巴巴的洞穴。首层卖香水、珠宝、美容化妆品、手袋和其他小饰品,其他几层也不闲着,其中有一层专门卖童装和青少年服装,有一层卖玩具,还有一层卖电器。我就不一层一层介绍了。我和妈妈看得眼花缭乱,尤其是妈妈,当她发现卖女鞋的大柜台时。我好像从来没有看见她这么激动过!面对

4月2日星期四

梅西百货商场

她喜欢的新款，她先是轻声地说，渐渐忍不住大叫起来："嗨，你看见了吧，女儿。""哎，你觉得这双怎么样？""喂，你看见那双没有？"

我很担心我们一星期的钱今天下午就会花完。灾难啊！她试了许多双鞋，最后，让不断给她拿鞋的售货员大失所望的是，她站起来，说：

"I'm sorry. I didn't really find what I was looking for..."（"很抱歉，我没有找到我想要的鞋子……"）

售货员惊讶得一时没有反应过来。

"走，朱丽叶，我们去卖家用布品的楼层看看。"

"可你最后什么都不买？"

"当然不买，宝贝。我只是想看看拥有那么多双不同的鞋子是什么感觉。既然我已经试了，我就满足了。没必要买。"

这就是我母亲的风格！

趁那个可怜的售货员还没缓过神来，我们赶快向扶手电梯撤退。就在卖鞋的那层楼上面，在卖家具的那层楼下面，有一层卖青少年用品。我们决定去那里走一下，"仅仅是看一眼"。但妈妈马上就后悔了！为什么？很明显，我没有合适的衣服穿。

在魁北克冷得要死，而我们现在突然来到一个气温20摄氏度的城市！我总不能穿着去年的秋装在这里继续逛下去吧？想问题要有逻辑！

"你会让我破产的，朱丽叶·贝鲁贝！"

"妈妈，你不觉得穿这条带白点的小红裙子很漂亮吗？"

"非常漂亮。"

"你会选哪件，裙子还是蓝色的连衣打底裤？"

"女儿，两件都很适合你。"

"你觉得那条口袋上印着印第安民族图案的牛仔裙配小外套怎么样？"

"我想你是要让我们提着这些五花八门的东西上街了，除非这些衣服全试了你都不满意。"

"其实我并不想试，而是想把它们都带回家去……"

讨价还价了43分钟之后，我们俩双手提着大包小包，上了卖家用布品的那层楼。今晚我不会再穿着昨天那身旧衣服出去让人耻笑了！

最后，我们只剩下很少的时间来看有绗缝的棉被、咖啡杯、水晶杯、亚麻床单和银烛台。妈妈的热情已经没有逛前一层那样高了。我们原来打算回酒店之后在帝国大厦停一停的,但我说了不算。

下午4点

我们来到34街,想去第五大道。经过路口时,我又看到了他:特洛伊!好像这是命运的安排似的,他再次出现在我面前。但这次,这可怜的孩子没有跳舞,而是在哭。看到他那副伤心的样子,我非常难受。他怎么了?路上匆匆经过的行人好像对他视而不见。我走过去,向他伸出双臂,问他出了什么事。

"怎么了,特洛伊?"

他向我转过满是泪水的漂亮小脸,回答说:

"我丢了钱。"

是我听错了吗?他竟然会讲法语。他怨声怨气,表情让人心碎。

"你会讲法语,特洛伊?"

"我外婆教过我。"

"小绅士,你怎么了?"

我擦去他的眼泪,绞尽脑汁,想说几句话安慰他，这时，我看见他的哥哥们过来了。老大长得很高大，好像20来岁；老二，上次见到时我没有注意他，19岁左右；老三嘛，跟我年龄差不多。看他的身高，也许14岁吧！他惊讶地看着我。

"特洛伊！到这里来！"老大说着，亲切地把他的小弟弟抱了起来，"别哭了，一切都会好的。好了，没关系的。"

他也说法语。我注意到他的口音有些特别，既不是法式法语，也不是魁北克法语。特洛伊被他抱在怀里显得更小了。兄弟们没有跟我说话，转身走远了。

我一个人站在人行道中间，很像一棵绿色的植物。我最后朝那几个人的方向扫了一眼，看见特洛伊仍然挥着小手向我告别。我注意到刚才看着我的那个小兄弟现在还在看着我，一直很惊讶的样子。从来没有见过一个13岁少女还是怎么的？傻子，你想要一张我的照片？要么我脑袋上有什么不妥？可不，好像是真的。我的额头正中也许有个黑点或飘着一绺头发？不管怎么说，我的发型是落伍了，太过时了。今天哪里还有什么人理分头。明天之前我一定要找家理发店。这时,妈妈走到我旁边。

"究竟是怎么回事?"

"我也不是很清楚。他好像丢了钱。我还来不及打听清楚,他的哥哥们就把他带走了,他都没有时间回答我的问题。真粗鲁!尤其是跟我年纪差不多大的那个。你见过他那副傻样吗?"

"我倒觉得他们很关照特洛伊。那个小年轻这样看着你,也许仅仅是因为他觉得你漂亮。如果是这样,那他一点都不傻。你知道,你很可爱,一头栗色长发,浅褐色的眼睛。"

"瞎说!"(你要知道,她之所以说"栗色""浅褐色",仅仅是因为这样说比说"棕色"和"咖啡色"特别一点。当然,她有意回避我鼻子上难看的雀斑。)总之,我承认,"粗鲁"这个词有点夸张……不管怎么样,他们会说法语。我清楚地听见他们用法语对特洛伊说话。这很奇怪,不是吗?

"他们可能是海地人。据说纽约有15万海地人。"

"海地人也讲法语?"

4月2日星期四

"是的,讲法语和海地的克里奥尔语①。"

我陷入了沉思,满脑子的想法。

"妈妈?"

"什么事?"

"你觉得在这里能找到理发店吗?我需要一个新发型,以便和新衣服搭配。"

"不可能。"

"可是……"

"别说话。"

"好,可是……"

她举起右手,半闭上眼睛:

"我跟你说了:闭嘴!"

有一个这样难说话的母亲,青春期的女儿的心理却这么平衡,大家都觉得不可思议。她举起手让我闭嘴的样子,就像我和吉娜去年的数学老师。我不喜欢讲别人的坏话,但从那个时候起,我就不喜欢数学了。

---

① 克里奥尔语,以英语、法语、西班牙语、葡萄牙语等欧洲语言与拉丁美洲、非洲等一些地区的语言相混杂并成为这些地区的居民主要的使用语言。如海地有建立在法语基础上的克里奥尔语,牙买加有建立在英语基础上的克里奥尔语,等等。

下午4点30分

我们回到了帝国大厦脚下。这里人山人海。妈妈告诉我,这座摩天大楼现在并不是全球最高的,但1931年落成之后,在很长时间内是世界第一高楼。2001年9月11日世贸中心双子塔倒塌后,它又成了纽约最高的建筑。等候的队伍那么长,显然它丝毫没有失去魅力。而且,天是那么蓝,这对于登顶是个绝好的时机。

一楼的几块信息牌告诉我们,"帝国"高381米,如果算上天线则有443.7米。几张令人震撼的照片让我们不由得停下脚步:那是在建设大楼期间,工人们悬挂在钢梁上。我真希望吉诺也能来看看这些照片!我了解到,建造这栋大楼之前,建筑师们展开了激烈的竞争,大家都想来建造这栋当时世界上最高的摩天大楼。帝国大厦的建筑师叫威廉·F. 兰博(William F. Lamb)。合同好像规定大厦必须在1931年5月1日之前完成,也就是说在第一张草图完成之后的一年半内。哇,我真的感到很震惊!在我们那儿,建造一所两层楼高的综合性中学都要这么长时间……为了完成这一巨大的工程，人们使用了近6万吨钢材，1000多万块砖和20多万吨石材。只多不少！

终于，轮到我们上电梯了。不到1分钟，我们就到达了第86层。这是第一站。从那里360度俯瞰全城，景色美极了！我看到了中央公园，那是曼哈顿巨大的绿肺。妈妈让我看几栋著名的摩天大楼，比如克莱斯勒大厦（Chrysler Building）和熨斗大厦（Flatiron Building），后者是一栋三角形的建筑，很像熨斗。太有意思了！我很想买个小模型。我们还可以远远地看见埃利斯岛（Ellis Island）和自由女神像。我惊喜地睁大眼睛！

现在，另一台电梯把我们送到了第102层，在那里，我们可以走到室外。啊，我头都晕了！接着，我突然激动地想起了金刚。你知道杰克·布莱克（Jack Black）和娜奥米·沃茨（Naomi Watts）主演的那部电影中的那只大猩猩吗？影片结尾的时候，他爬上帝国大厦的最高处，右手的手心里握着他疯狂爱上的美丽的安娜。太浪漫了！好像这是新版，原版是帝国大厦建成之后不久的1933年拍摄的，我没看过，但我妈看过。

"尽管我在那之后很多年才出生。"她说。

我们恋恋不舍地下了楼。我的脚很疼，大包小包太重了。看妈妈那副疲惫的样子，好像我们是爬了1576个台阶去86层的瞭望台似的。

晚上7点

回到酒店，我发现昨晚急匆匆挤上我们的出租车的那两个模样抢眼的女子站在前台。哇，红发的那个穿着我在《时尚手册》中看到的碧昂丝所穿的那种浅褐色皮衣。这么说，她们也住在这家酒店……

金发的那位正激动地跟前台服务员说些什么。我寻思她的金发是真是假，总之，她的英语一般般，而且口音很重，显得很滑稽。她显然是法国、比利时或这些国家周边的人。我不难猜到她在中学上英语课时一定老打瞌睡……

不过，她好像有点失望。但愿她没有碰到大麻烦！奇怪的是，我觉得她的脸很熟悉……不过，我很累，两脚都痛，很想放下手里的东西，所以好奇心被压了下去。谢天谢地，我看到电梯到了，上行的时候，我焦急地数着楼层，一出电梯就跑到客房门口，掏出房卡，插进锁孔。妈妈还来不及掏出她的房卡呢！

一放下大包小包，我就想起了早上在路上捡到的钱包。我立即把它从手袋里拿出来，翻开封皮，查看驾照上的照片。天哪！难怪我有似曾相识的感觉。丢失钱包、匆匆挤上出租车和两分钟前在前台跟服务员激动地说着什么的女孩是同一个人！

"妈妈，你看！"

"怎么了？"

"丢钱包的那个女子，我刚才在楼下前台看到她了。"

"真的？"

"是的，我敢肯定就是她。你看！"

"嗯。确实是。"

"我们赶快下去，看看她是否还在那里。"

就在我们搭电梯的当口，那个女子消失了。在这种情况下，通常是老妈来出面。

"你好，先生。"她对前台服务员说。

"请问有什么事,夫人?"

"我女儿在酒店前面捡到了这个钱包。我想这是几分钟前跟您说话的那个姑娘的。"

服务员面无表情地伸手想拿钱包,老妈不得不交给他。

"她叫阿丝特里德·楚米,是瑞士人。她住在这家酒店吗?"

服务员好像突然激动起来。

"是的,几分钟前,她报失说丢了钱包。我会把钱包还给她的,非常感谢您。"

这么说,我没有弄错。那个女孩确实报失说丢了钱包。那个服务员想自己把钱包还给她,但老妈不同意。

她疑心重重,二话没说,一把从他那里夺回钱包。那可怜的家伙一点都没有防备。

"您能打电话给她,让她到这里来吗?我希望能亲手把钱包交还给她。"

如果老妈这么轻易就放手,我才感到奇怪呢!

"啊!"

那个服务员瞪圆眼睛,嘴巴一张一合,好像断了气似的。我想他很少遇到这么泼辣的女人。

"当然可以,我马上就打电话给她。"

他拿起电话,打给那个女孩,把情况讲给她听。不到两分钟,那个女子就赶到了。她两眼红红的,好像刚哭过,波浪形的头发一直垂到腰间,假如不是有一双大长腿,她看起来就像一条美人鱼。我很希望自己到了19岁的时候能长成她那个样子。我虽然不是金发,但里莱特姐妹最近染了头发。哦,不!我不能学里莱特姐妹的样儿。

"您好,我是阿丝特里德·楚米。"

"很高兴认识您。"我母亲向她伸出手,"我叫玛丽安娜·贝鲁贝。我想这是您的吧?"她晃了晃我早上捡到的钱包。(她们对我视而不见,难道是我弄错了吗?)

"哦,您是魁北克人。遇到您真高兴!您救了我的命。"那女孩激动地大喊,"我不敢相信你们捡到了它。我都绝望了……里面有我所有的钱和信用卡等等。没有它我就完了。我怎么才能好好地感谢你们呢?"

她像是卸下了一块大石头,她的感谢似乎完全出自内心,所以显得非常动人。妈妈马上就喜欢上她了,我一看老妈的脸就知道了。真有她的,我的老妈!她永远准备接受她所遇到的人。在这里再待10分钟,她就要邀请阿丝特里德到家里过圣诞节了。我在想,那个女孩是怎么知道我妈是魁北克人的……

"别客气,重要的是没有造成损失。其实,钱包是我女儿捡到的。(哈哈,终于想起我来了!)您来纽约度假?"

"对,啊,不。我是舞蹈学校的学生,我和同学住在这里。我们得到了一份助学金,在茱莉亚音乐学院(The Juilliard School)①实习两个月。实习将在一个星期以后开始。我们非常幸运获邀在这里实习。您知道,最好的舞蹈老师都在这里,在纽约。但没了钱包,我就没法在这里生活了。多亏你们俩,现在所有的问题都解决了。再次感谢。"

她说话的时候,眼里闪着光芒。其实这个女子非常讨人喜欢,毕竟是茱莉亚音乐学院的学生。

"关于我的情况说得够多了。你们呢?你们来

---

① 茱莉亚音乐学院始建于1905年,是世界上最顶尖的专业音乐院校之一,被誉为"音乐界的哈佛大学"。

纽约干什么？"她带着迷人的微笑，看着我。

妈妈回答说："我是旅游记者，我带朱丽叶到这里来是为了采写一篇关于纽约的文章。"

阿丝特里德向我伸出手，说：

"多漂亮的名字！朱丽叶，很高兴认识你。白天你母亲工作时你干什么呢？"

"嗯，我陪着她。"（大部分时间我都感到厌烦……）

"你喜欢陪着她？"

"嗯，还好吧。我的意思是说……说实话，并不总是喜欢。"

看我犹豫不决的样子，她笑了。

"从明天开始，我和我的朋友卡罗琳娜在复活节假期期间是完全自由的。如果你想跟我们一起玩……"

说着，她转身对我母亲说：

"贝鲁贝夫人，在您工作期间，我很乐意带您女儿去参观这座城市的一些地方。当然啦，在您允许的前提下。这将是我表达感谢的方式。求您了，答应吧！"

我扫了妈妈一眼，简直是在哀求了。这是一个为了表示感谢，甚至愿意在星期天早晨主动去洗碗的女孩的眼神，但妈妈好像还是犹豫不决。

"您确定没问题吗？"

"当然！"

她转身对我笑着，问：

"你觉得呢，朱丽叶？"

"我，我很乐意……"

"好，那就说定了。"妈妈最后说。

太好啦！我都不敢相信自己这么幸运！

晚上8点30分

淋了一个浴，睡了半个小时，整了整我那不听话的头发，我感到自己焕然一新。在曼哈顿的第二个夜晚，妈妈建议再去一趟百老汇，一直走到时代广场。我很高兴地同意了。走在那条著名的大道上时，我觉得自己经历着一段特殊时光。时代广场上百老汇所处的那一段是纽约的戏剧区。来自四面八方的年轻舞蹈演员、歌唱家和演员每年都在这里碰运气，想引起最好的导演和编舞者的注意。今天晚上，走在这条人行道上的，是我。

这里的气氛有些神奇……马路上的霓虹灯广告牌告诉大家眼下正在演出的音乐剧，有《歌剧魅影》（*The Phantom of the Opera*，妈妈说那是一部经典作品）、《蜘蛛侠：消灭黑暗》（*Spiderman Turn Off the Dark*）、《狮子王》（*The Lion King*，我小时候看过同名电影）、《玛蒂尔达》（*Mathilda*）、《灰姑娘》（*Cinderella*）、《妈妈咪呀！》（*Mamma Mia*）、《芝加哥》（*Chicago*）、《麦克白》（*Macbeth*），我就不一一说了。如果我没有弄错的话，这些戏剧大部分都已经拍成电影。

百老汇是岛上唯一从南到北的大道（因为，啊，对的，曼哈顿是一个岛），也是这个由街和大道整齐地构成的四方形区域中唯一斜向的大道。我好像可以不知疲倦地走上几个小时，看着行人逛街、在马路上穿行。妈妈跟我一样激动，我们都不知道该看什么好。但有些什么东西影响了我们的情绪，不少黑人坐在地上，手里拿着纸杯在乞讨，大部分是男的，也有几个女的。他们真的十分可怜。看到他们，我就像被泼了一盆冷水。我呀，我就知道买东西……这些人仅靠乞讨几个零钱来买东西充饥，这太不可思议了！我在想今晚是否还会再见到特洛伊和他的哥哥们。他们吃什么？我睁大眼睛四处张望，但根本没有他们的影子。我并不是想再见到那个与我同龄的笨蛋，而是……

我饿了，但舍不得离开街上的美景走进餐馆。妈妈好像也跟我一样。在时代广场中心，红色的圆桌和折叠椅已经放好，在欢迎客人。妈妈建议在那里坐下，然后去哪家食铺买点吃的喝的，就像昨天一样。食铺几乎到处都是。好吧，我本来想吃意大利面的，但现在这样也不错。街上有那么多好看的东西，我不想走进任何餐馆，生怕错过什么。

就在我们旁边，有家串烧店，东方式的烤肉串，用细木签串着。好吃！妈妈还买了一些鹰嘴豆泥和两瓶水。我看见稍远处有个卖小蛋糕的摊档。那将是我们的下一站，我们的甜点就在那里吃了。说定了！今晚天气非常温和，<u>盛开的玉兰花让空气里飘满了香味</u>。到处都是玉兰花。我很高兴，在努力想象我的明天将怎么过。

"朱丽叶，我明天上午9点左右就要出发，一天要参观六七个博物馆。你觉得你可以跟阿丝特里德和卡罗琳娜应付一天吗?"

"妈妈,肯定可以,你完全不用担心。"

我欣喜若狂,手里拿着一盒五彩小蛋糕回到酒店,觉得美好的历险很快就要到来。

晚上10点

我今天真的累垮了,回到房间,眼睛都很难睁开。我把白天拍的照片上传到Instagram上就去睡觉了……呼噜呼噜……

4月3日星期五

上午8点

我和妈妈在百吉圈专卖店（Ess-a-Bagel）吃早餐，那家百吉圈店位于第三大道，离我们住的酒店不远。妈妈显得很激动，像喜鹊那样叽叽喳喳讲个不停。

"我们跟那两个女孩并不熟悉，所以我还是希望你能小心点。明白吗？"

"明白，妈妈。"

"千万不要跟丢了。"

"不会的，妈妈。"

她递给我一张纸条。

"这是我们所住酒店的名字、地址和电话号码。如果你迷路了，就坐出租车回酒店等我，好吗？"

"好的，妈妈。"

"我给你一点零钱。"

她塞给我4张10美元、2张5美元和10张1美元的纸币。哇！

真太让我高兴了！

"谢谢妈妈。"

"千万不要忘了……"

"……纽约有800多万居民，其中有一部分可能有问题，专门绑架与母亲走散的女孩子！是的，妈妈！"

"没什么可笑的，朱丽叶！我只是在履行一个负责任的成年人的职责。而且，我爱你。我想，这没有任何坏处。"

她的提醒确实是认真的，因为她今天上午叫我"朱丽叶"，一点都没有拖长声调。

"我知道，妈妈。但不要再草木皆兵了，一切都会很顺利的。"

"但愿如此吧！"

她当着全店人的面正准备再给我一个吻，我及时地闪开了。可怜的妈妈！毫无疑问，我小的时候是绝对不敢这样的……

上午9点

回到酒店,我们就去三楼敲那两个女子的门。开门的是红发女子。

"啊,你肯定是朱丽叶!我们正在等你。"

"您好,我是朱丽叶的妈妈。您一定是卡罗琳娜。您好吗?你们是否还是想带我女儿去玩一天?"

"当然啦,"阿丝特里德这时也来到了门口,说,"我们打算带她去中央公园,在那里租自行车。"

"这主意不错。"我母亲回答说,"谢谢你们的好意。"

"这没什么。"两个女孩异口同声地回答说。

"那好,宝贝,好好玩。"

"也祝你一天顺利,妈妈。"

"我们下午5点见。"

上午11点

我仿佛来到了天堂。我与阿丝特里德和卡罗琳娜在中央公园已经骑了一小时的自行车。我都不敢相信有那么多好看的东西。这个公园长4公里,是纽约最大的绿色空间,更是真正的纽约人喜欢的休闲去处。它在钢筋水泥的丛林中间增添了一个真正的绿洲。

我们在公园的西南门租借了自行车,那里离卡罗琳娜和阿丝特里德实习的学校只有几步远。那个地方叫作"哥伦布圈(Colombus Circle)",取这个名字是为了纪念克里斯托弗·哥伦布,卡罗琳娜告诉我。那里有一个那位著名探险家的雕像和几个喷泉,非常漂亮。

时代华纳(Time Warner)大楼也在这个地方,那是一个跨国的多媒体与电影集团。大楼一层有一个生态超市——全食超市(Whole Foods Market)。我们进去买了一些东西,想好好准备一顿野餐,然后便在公园里穿行。公园很美,很神奇。里面有许多水景,有普通的池塘,也有人工湖。"起码有36座桥要走。"卡罗琳娜说。在一个人口如此密集的城市,这太不可思议了!公园里到处都摆放着公共长凳,人们可以坐在那里观赏各种鸟儿,甚至还有一座爱尔兰城堡:眺望台城堡(Belvedere Castle)。

这座城堡建于1869年，位于公园的一个高地上，灰石建造，有两座塔楼，一大一小，还有一个平台，在那里可以饱览整个公园。哇！我感觉到自己是在做梦。我是一个公主，等待着……我究竟在等谁呢？

"这座城堡后来成了纽约的气象观察站。这是多大的浪费啊！"一登上城堡，阿丝特里德就感叹道，"我和卡罗琳娜很希望能住在这里。朱丽叶，你可以来和我们一起生活。"

"啊，好啊！"

我看着像绿宝石一样的草地，看着水景和无数的大树，看着鲜花，想象这一切都属于我。我闭上眼睛：此刻如此完美，但愿永远不会结束。

上午11点30分

我们现在去动物园，它就在第五大道旁边。一到动物园，我们就发现那里人山人海。

"这是因为学校放假的原因。"卡罗琳娜说。

我们把自行车锁在游客专用的自行车车架上，进了动物园。动物园不是很大，但我喜欢动物，特

4月3日星期五

别喜欢看海狮表演吃东西。之后,我们去看了北极熊。企鹅也逗得我哈哈大笑。看,那是什么小动物?好像是……一只猫,好像跟红毛衣一起洗涤过一样!

"那是红色的熊猫。"阿丝特里德说。

看了标签之后,我才知道,那是一种正在消失的小哺乳动物。它跟大熊猫一样罕见,但更像浣熊,而不像它黑白色的表亲。太可爱了!

"啊!猴山在那儿。我们快去!"

我跟我的两个新朋友竞相对日本猴做鬼脸。

"快来看!"阿丝特里德喊道,她已经跑远了。

她刚刚发现了一只雪豹,白色的毛皮上面斑斑点点,肚子也是白的。卡罗琳娜则喜欢巴布亚企鹅,那是一种不太大的企鹅,原居住地在马尔维纳斯群岛。奇怪的是,我们当中好像没有一个人喜欢下颚锋利的翡翠树蚺[①]。

[①] 翡翠树蚺,分布于南美洲北部的一种蛇,通体翠绿,栖息于低地雨林中,没有毒。

下午1点30分

参观结束了,我们在动物园旁边的公园里野餐。阿丝特里德带来了一张漂亮的印度风桌布。我们盘腿坐下,狼吞虎咽地吃起我们小小的盛宴。看了那些动物大吃大喝,我也感到饿了。

"我和卡罗琳娜在寻找一套公寓。"阿丝特里德边吃三明治边告诉我。

"哦,是吗?"

"还有九个星期,我们肯定不能一直住在酒店里。"卡罗琳娜接话说。

"这倒是。时间一长,肯定很贵。"

"今天下午,我们打算去街角的单身公寓去看看。你想跟我们一起去吗?"卡罗琳娜问。

"当然。什么样的公寓?"

"上西城的一个小单身公寓,那个区在中央公园西边。我们约好下午3点去看房。"

"太好了。我去。"

显然,这个假期越来越令人兴奋了。

4月3日星期五

下午3点

还了自行车之后,我们朝西走了10来分钟,来到第十大道和第十一大道之间的59街756号门前。阿丝特里德按了一下门边的门铃。那栋红色的砖楼好像建于19世纪末,总体来看还算干净。卡罗琳娜告诉我,出租的那套公寓位于地下。一个看起来沉默寡言的女士前来给我们开门。

"What do you want?"("你们想干吗?")她问道。

"We are here for the apartment that is for rent. We spoke to each other yesterday morning and you asked me to come today."("我们是来看要出租的那套公寓的。我们昨天上午谈过,您让我今天来的。")

阿丝特里德的法语口音让她的英语听起来十分滑稽。我在想,那位女士是否真的能听懂我们是来租房子的。

"I don't have any apartment to rent!"("我没有公寓出租!")

她说她没有公寓出租?

"But you said you had one yesterday."（"可你昨天说有的。"）卡罗琳娜说。

"Maybe I had one yesterday, but I don't have anything to rent today!"（"也许我昨天有，但今天什么也没得租！"）

看起来她对我们印象不好，因为她砰的一声就把门给关上了。

多么可怕的妇人啊！我们三个人气得面面相觑，却不知道该怎么办。阿丝特里德眼泪都要流出来了。

"啊，不！我们需要您的房子！"

"我们已经找了一个星期了，"卡罗琳娜哀叹道，她也很泄气，"但什么都找不到。一无所获！如果继续这样下去，我们很快就要没钱了。"

看到她这么失望，我很伤心。我希望自己能做点什么，之前我并不知道在曼哈顿找房会那么难。

"出租这套公寓的小广告，我是在茱莉亚音乐学院的广告栏上看到的。"阿丝特里德接着说，"我们得重新开始找了。回学校去看看还有没有别的广告，你们觉得如何？"

"这个主意好。"卡罗琳娜回答说，"你说

呢，朱丽叶？"

"确实很好。"

我很同情我的这两个新朋友，但不敢相信自己竟然有这么好的运气。我要去参观茱莉亚音乐学院了！那可是世界上著名的，有声望的音乐、舞蹈和戏剧私立学校。许多优秀的美国电影演员和舞蹈演员都是从那里毕业的。而且，电影《留住最后一支舞》(Saving the Last Dance)和其他很多音乐剧中的故事都发生在那里。

我爱纽约！

下午4点

我们回到第十大道，向林肯中心广场（Lincoln Center Plaza）60号走去。踏进这所建于1905年的学校时，我的心跳得很厉害。高高的天花板和巨大的窗户给了我很深的印象，地面铺着黑白方砖。不过，那地方基本没有人，只听见远远传来的钢琴声和大提琴声。我睁大眼睛，希望能看到某个名人。

"很多音乐家和舞蹈演员每天都来这里排练，

往往一练就是5个小时，甚至包括星期天。"卡罗琳娜告诉我，"尤其是那些家里没有乐器的演员。但这个周末，大部分学生都回家过复活节假期了。"

"啊！"

要我每天复习两小时的数学方程式我都做不到，5个小时！天哪，不可能！

幸亏，我根本没有当数学家的想法，我宁愿当作家或是演员。我很小的时候妈妈就这样说。

学校的一层有个大厅，有堵墙贴满了广告。

"我就是在这里看到有公寓出租的消息的。"阿丝特里德说。

我们仨仔细查看了用大头针钉在广告栏上的上百张纸片。有卖小提琴的，有卖整套书的，有私人教德语课的，有招聘音乐家和舞蹈演员的……很少有出租房子的。不过，万岁！我找到了一个。

"这里有一张出租房子的广告！"（请注意我自豪的语气。）

"是的，但要3200美元一个月，我漂亮的妹妹。你看。在上东城，名人区。我们完全不可能！"

卡罗琳娜摇摇头，显得很失望。

4月3日星期五

唉!

"我很抱歉。"我气恼地说。

"我在布朗克斯找到了几处。"这时,阿丝特里德说,"这里有一个单间,那里有一个两居室的小套间。"

"布朗克斯在哪里?"

"那是曼哈顿以北的一个区。"阿丝特里德回答说。

"是的,很远。"卡罗琳娜说,"不过,那是说唱音乐的摇篮。最优秀的舞蹈演员都来自那个地方,那里的房租好像不太贵。我找到了两处。"她高兴地挥动着两张纸条。

"皇后区有个小套间,厨房和卧室分开;另一个套间在布鲁克林。说唱歌手50美分(50 Cent)[①]就出生在皇后区。挺让人兴奋的,不是吗?"

我点点头。

"当然,那里有点远,但有地铁问题就可以解

[①] 50美分(1975—),原名柯蒂斯·詹姆斯·杰克逊三世,美国说唱歌手、演员、投资人。

决。"她接着说,"至于布鲁克林,听说那里有不少街区非常漂亮。"

"Jay-Z就出生在布鲁克林。"我自豪地说。

"不管怎么说,我们并没有太多的选择。姑娘们,回酒店吧?"阿丝特里德提议。"我们从客房里打电话去问问。如果可能,我们约他们明天见面。朱丽叶,你愿意陪我们去吗?"

"愿意,我非常乐意。"

"如果你母亲同意,我们也很愿意带你去。"

下午5点

应该赶快回去。妈妈居然还没回来,说到底,她并没有那么担心我。好吧,这样也许更好。我可以有时间上网看看发生了什么。我在想,吉娜或吉诺是否有可能跟我聊一会儿天。

> 吉诺:你好!
> 我:嗨!你好!你怎么样?
> 吉诺:挺好的。你想在FaceTime上聊聊吗?

4月3日星期五

> **我**：不行,在这台电脑上操作不了。我是说……我是在我妈的电脑上!

(女孩是可以随机应变的。面对不可抗力,这个小小的谎言根本算不了什么。我可不能在FaceTime上当着吉诺的面露出这么一副苦相,头发乱蓬蓬的,妆也没有化。)

> **吉诺**：我跟我父母在波士顿。
> **我**：真的吗?
> **吉诺**：真的。你知道吗,这里离纽约只有345公里?开车只要三个半小时。
> **我**：不是开玩笑吧?我可不知道!
> **吉诺**：很奇怪,假期从来见不到你。有时我觉得这样很没劲。如果见面的机会多一些,我们可以一起做些事的……

(天哪!我看了两遍这段文字,才确认我的眼睛没有欺骗我。他说这话是什么意思?吉娜又不在场!)

> 吉诺：你还在吗？
>
> 我：嗯，在的。我也是，如果有几天连在一起的假期，我也很愿意跟朋友们一起玩……
>
> 吉诺：下星期二在学校见？
>
> 我：不，我下星期三才从纽约回去。
>
> 吉诺：那我们就下星期四见。
>
> 我：好的。再见，吉诺。
>
> 吉诺：再见。

下午5点30分

糟糕，妈妈闪电般回来了！来不及细想吉诺所发信息的潜台词，也没有时间联系吉娜了……

"很抱歉让你久等了，宝贝，但我遇到了一个麻烦。今天早上，我本来要去见大都会艺术博物馆（The Metropolitan Museum of Art）的馆长，但她临时取消了见面，所以我就坐渡轮去了埃利斯岛。1892年到1954年间，1700万移民到达美洲时，就是在那个小岛中转的。"

我耸耸肩:

"哦,是吗?"

"为了迎接新来者,当时的政府在那个小岛上建造了一个特殊的码头。那里有许多东西非常震憾人心!墙上还保留着令人伤心的涂鸦,还有陌生人的护照、行李箱和别的个人用品。参观完有种似曾相识的感觉。那些人大部分都来自遥远的地方,比如说意大利、希腊。"

"啊……"

"被允许上岛之前,每个人都必须经过医疗检查。你知道吗,有的人不得不回到自己来的地方,或者就死在那个岛上?"

"难以想象。我敢肯定你流泪了。"

"你是怎么猜到的?"

下午6点

让我大为高兴的是,妈妈决定忘记忧伤,带我去参观唐人街。我们沿着百老汇一直往南走,来到与坚尼街（Canal Street）交界处，曼哈顿神秘的华人区就在那里。

"从我们的酒店到唐人街要走半个小时左右，"妈妈说，"我们待会儿买点东西，然后找一家有特色的餐馆吃晚餐。你觉得怎么样？"

"好啊。"（中餐馆也有意大利面吗？）

走到百老汇与第五大道交会的地方时，我们突然看到了熨斗大厦，就是那栋三角形的建筑。我在帝国大厦的楼顶曾经看到过它。哇，它近看更加壮观，尽管只有21层。正面看它的时候，人们会觉得它只有一张纸板那么薄，随时都会倒下，但走到角落，你就会发现它的形状很像熨斗，这也就是它的名字的出处。太酷了！我用我的iPad mini拍了十几张照片。吉诺和吉娜真应该来看看！

"这里有太多的东西看了，"妈妈大声地说，"要让自己心满意足，起码要在这里待上三个星期。"

"至少！"

4月3日星期五

晚上6点30分

唐人街里没有什么历史建筑,但必须睁大眼睛、张大鼻孔。这里,带来异国情调的是色彩与味道。首先让我震惊的,是商业广告,它们全都是用中文写的。而且,有些肉店的橱窗里挂着完全拔了毛去了头的鸭子,可以买了带走。这真是不可思议!我还看到一些我不认识的小牲畜,我想还是不要知道是什么的好。光是这么看一看,倒不觉得有什么让人垂涎三尺的。

"妈妈,我听说中国人什么都吃。你觉得这是真的吗?"

她做了一个鬼脸。

"我不知道。但在这里,绝对不会。"

"你这么认为?"

"我可以肯定。"

"哎,这是什么?"我用下巴指了指几个分不清楚是什么的小动物。

"我也不知道……你看见那里了吗?中国鞋!我在你这么大的时候有过一双。"

朱丽叶游纽约

没有什么可说的,在这里,人们会以为自己真的在东方,而不是在纽约。我们去了百老汇和桑树街(Mulberry Street)之间的坚尼街。这条街简直是购物王国,什么都有,而且都很便宜,母亲惊讶得嘴都合不拢。确实,这里货摊上的大部分东西都不到10美元。我用早上得到的零花钱,给自己买了一件T恤,还买了两个上面有"I love NY"("我爱纽约")字样的钥匙圈,准备送给吉娜和吉诺(是的,为什么不送吉诺?),再送吉娜一个小钱包。妈妈也给我买了一个类似的钱包。太棒了,吉娜和我有相同的东西,不过是仿皮的,有些硬……但没关系。买了这么多东西后,我都有些饿了。

"妈妈,我们去吃东西好吗?"

"我正要对你这么说呢!"

她的一个朋友向她推荐过北京烤鸭店(Peking Duck House),好像那是到唐人街甚至是到纽约不能不去的一家饭店。

"宝贝,你知道吗,有人认为那是全世界最好的中餐馆?"

"不知道。"

4月3日星期五

"那家饭店因为烤鸭而出名。"

"烤是什么意思?鸭子被涂上油漆?[①]"

老妈笑了。

"怎么了?我说错什么话了?"

"那是北京的一道传统菜肴。用'laquer'这个词是因为鸭皮被烤熟后像油漆一样发亮。"

一坐下来,我就发现我们是这家饭店里仅有的外国人。好还是不好?妈妈说当然好,然后便点了两人份的烤鸭。

"阿丝特里德和卡罗琳娜在找房子住,她们在这里还要待两个月。她们今晚约房东,想明天去看房子,让我陪她们一起去。你会同意我去的吧?"

"啊,你们要去一整天吗?"

"可能吧!总之,我觉得要一整天。你什么意思?"

"你愿意去吗?"

"愿意,真的!"

"那好吧!但还是要小心。你们要去哪个区?"

"我想是曼哈顿。"我漫不经心地说。

---

① 法语中"烤"与"油漆"是同一个词"laquer"。

"可以。如果你们要去布朗克斯或皇后区,我不一定会答应。啊,烤鸭上来了。"

烤鸭来得太及时了!因为我刚刚撒了一个大大的谎,我需要岔开话题。如果妈妈发现我撒谎会怎么样?啊,她会威胁说要给我点颜色看看,但不会动真格,说说而已。让我大吃一惊的是,烤鸭还挺好吃的,甚至可以说很美味。味道有点甜,不如说酸甜吧!

"最初,烤鸭是做给明朝皇宫里的人吃的。"

"明朝,那是什么东西?"

"宝贝,那是一个王朝的名字。14世纪到17世纪,也就是元朝灭亡之后,这个王朝的一代代皇帝统治着中国。"

"哦,这样啊……"

没想到母亲懂得那么多。当母亲把她自己当作我的老师时,我不确定是否会那么喜欢。好吧,我心想,她是不希望我一无所知。接下来要知道的是,这一如此有用的知识会在什么时候又将在什么地方对我有用处……

"做烤鸭从鸭子一生下来就开始了。要填喂它两个月,把它喂得肥肥的。当它长到3公斤重的时候就要宰杀了。"

"可怜的小东西。"

"然后往鸭皮里充气,取掉内脏,煮熟,涂上蜜糖,把它晾干。"

"别说了,妈!你破坏我的食欲了。"

算了,我想我已经不饿了。很遗憾,因为我本来是挺喜欢吃鸭子的。

"烤的时候,鸭皮会出现漂亮的颜色。最后,鸭子要挂在一个通风的房间里,让它冷却。所有的步骤都完成之后,鸭肉会非常嫩,鸭皮很脆,肉的味道很鲜美。"

妈妈一旦开口就滔滔不绝……但我有点怕自己会吐出来。

"女儿,趁热吃。甜点来了。"

"什么甜点?"

到底是什么呢?

4月4日星期六

上午10点

我和阿丝特里德、卡罗琳娜在她们的房间里吃完了早餐。妈妈早早就起床了,她今天还要去大都会艺术博物馆,然后去现代艺术博物馆(The Museum of Modern Art)、弗里克美术收藏馆(The Frick Collection)和古根海姆博物馆(The Guggenheim Museum)。她是出公差!她知道自己的日程安排有些"特殊",所以很轻易就让卡罗琳娜和阿丝特里德相信,她们也许一整天都"很"需要我。我也希望她过得愉快,因为我觉得自己真的会玩得很开心。我们今天的目的地是哪里?我们准备在三个不同的区参观,寻找稀世珍宝。

我们仨坐在房间的一张床上,床上还留有面包圈和奶酪的碎屑。我们做着记录,并在一张地铁图上画着路线,然后,阿丝特里德跳起来,宣布出发。

"好了,姑娘们,我们没有时间浪费了。瓦特夫人11点钟在布朗克斯等我们。之后,我们要坐3站地铁,12点整去见布朗先生。"

"很好,我把所有的地址都记下来了。"卡罗琳娜说。

"下午要去两个地方看房,一处在布鲁克林,另一处在皇后区。你也有地址吗?"

"有,船长!"

我们收拾好东西,来到人行道上,前往地铁站。陪伴着这两个大女孩,让我觉得自己被这座城市接纳了,成了一个在这里生活了好几个星期的真正的纽约人。我已经把自己当作是在这里生活了一整年的人,也在茱莉亚学校上课。我感到很欣悦。我们在中央火车站搭乘绿线地铁,它沿着莱辛顿大道前往布朗克斯,也就是说往北。我很高兴,但心里还是有点忐忑。

"在纽约搭地铁不危险吗?"

"曼哈顿岛以安全著称,周围的大部分街区

朱丽叶游纽约

纽约地铁站入口

也都很安全，"阿丝特里德回答说，"但哪里都一样，还是应该遵守某些基本原则，要小心谨慎，比如说，避免在午夜之后坐地铁或登上没人的车厢。别担心，我们肯定在午夜前回去。"

她朝我笑笑，我也朝她笑了笑。

"我一点都不担心。"

到了125街，我们离开了曼哈顿岛，从哈得孙河底下穿过，回到布朗克斯。真不可思议！我在想，他们在建地铁的时候，是怎么做到在水下挖掘的。到了位于167街和杰罗姆大道交会处的扬基体育场（Yankee Stadium）站，我们下了地铁。要找的那栋公寓就在哈得孙河大道989号的一个街角。走了十来分钟之后，我们心怦怦直跳，登上了五个台阶，来到大门前，三个人同时按响了门铃。我们等了一分钟左右，感觉像等了很久很久，终于有个女人来开门了。她一脸狐疑的样子，灰色的头发胡乱地扎成发髻，下巴突出，目光游移，皱巴巴的蓝裙子外面系着一条溅了油花的灰色围裙。

"是瓦特夫人吗？"阿丝特里德向她伸出手，有礼貌地问道，"我叫阿丝特里德·楚米。我和朋友们来看看出租的房子。"

那老妇人嘀咕了几句我们听不懂的话，然后就把门关上了。我们惊讶地面面相觑。不是吧？

"那我们现在怎么办？"卡罗琳娜问。

阿丝特里德正要回答，门又开了，瓦特夫人出现了，手里拿着一串重重的钥匙。

"Come with me."（"跟我来。"）说着，她下了石阶，朝屋后走去。

我们惊愕地跟在她后面，一声不响。

到了目的地，她走下四个台阶，来到一扇白色的门前。门脏脏的，角落里有蜘蛛网。她晃动着钥匙串中的一把生锈的钥匙，塞进一个摇摇晃晃的锁孔，推开门，门发出阴森刺耳的尖叫声。我们跟着她走进去。

地下室里灯光昏暗，头顶吊着一个没有灯罩的灯泡。我的眼睛慢慢地适应了黑暗，看清屋子中间有两张折叠椅，分别放在一张铁桌的两边，桌上还留着很久前吃剩的东西。角落里，一个床棚直接放在满是尘土的地上，上面放着一个双人床垫。右边有个小洗涤槽和一个小柜台，上面放着一个两圈的电热板。我看见旁边有一个迷你冰箱,外面脏兮兮的;左边有个微开的门,里面好像是一个小浴室,散发出一股尿味。地上到处都是旧报纸,还有许多空的伏特加酒瓶。唯一的窗户在门边,挂着一个布满蜘蛛网的塑料窗帘。阿丝特里德和我交换了一下厌恶的眼神。就在这时,卡罗琳娜指着餐台尖叫了一声:

"耗子!有只……有只……耗子!在那儿,在洗涤槽里。"

"啊!"

"啊啊!"

"啊啊啊!"

我们一边喊一边向门外跑去,把老太太一个人抛弃在屋里,原路返回,希望老天关照,能让我们回到哈得孙河大道。

"快从这里逃跑。"卡罗琳娜和阿丝特里德拉着我的胳膊,异口同声地说。

来到地铁口,我们气喘吁吁,看着彼此,然后大笑起来:

"天哪,多么可怕的房间,多么可怕的女人!"

阿丝特里德说。

"不，应该说恐怖！"卡罗琳娜强调。

"对！"我说，"太恶心了，我想我都要吐了。"

"求求你，忍着别吐啊。"

"我们确实太倒霉了，是吗？"

"你说得对，朱丽叶。"阿丝特里德回答说，她一副厌恶的样子，好像还没有缓过来。

"阿嚏！"

我很喜欢阿丝特里德和卡罗琳娜叫我名字的方式。对于女孩，名字后面就不要像妈妈那样，加上一个"特"了，叫朱丽叶就可以了。我觉得这样更好听，更利落……

"我们要去看的第二套房子在哪里？"卡罗琳娜最后还是问了。

"你确定你还想知道吗？"阿丝特里德一边在手袋里摸索一边说。

"还是说说吧，我们考虑考虑。"

"好吧。那是一个两居室，在杰罗姆大道，离这里三站地铁。你们确定还想去看吗？"

"别无选择。"卡罗琳娜说。

"那就是说去咯?"

"去,美丽的朱丽叶!"

"希望这一处能靠谱一些。"我一边说一边朝地铁站的旋转栅门走去。

"我想应该不难吧?"卡罗琳娜接着说。

"我想这次应该不错。"阿丝特里德乐观地说,"不管怎么说,倒霉总不可能老追着我们!"

上午11点50分

我们这次在176街出了地铁,要找的那栋楼同样其貌不扬。

"公寓在五楼,"阿丝特里德说,"但看门人强调他在一楼等我们。我们看看怎么回事吧!"

对讲机的按钮已经被拔了出来,大门的锁也坏得很厉害。

"不祥的预兆。"我说。

我们拉开了门。与此同时,一个差不多10岁的小男孩急匆匆地从里面出来,嘴里叼着一支烟,一只患疥疮的猫跟在他后面。里面,楼梯的台阶上满是垃圾：空纸箱、撕碎的信封、发泡胶箱子、弄脏的卫生纸、烟蒂……

我们听见楼上有对夫妇在激烈地吵架，好像差点要动手。旁边，有个婴儿在声嘶力竭地大哭。阿丝特里德和卡罗琳娜惊讶得一言不发。一楼只有一个门，我鼓起勇气敲了敲门。没有回答，但婴儿哭得更厉害了。卡罗琳娜也过来敲门，把门敲得更响。最后，终于有个声音回应了：

"Who is it? What the hell d'you want?"（"谁呀？见鬼了，你们想干什么？"）

门突然开了，出现了一个二十五六岁的女子，披头散发，一脸恐慌，手里抱着一个半岁大的婴儿。

"Good morning. Are you Mrs Brown?"（"上午好！你是布朗太太吗？"）阿丝特里德问。

"What do you want?"（"你们有什么事？"）那年轻女人又大声地说。

"We are looking for Mr Brown about an apartment for rent."（"我们找布朗先生来看出租的房子。"）阿丝特里德答道，她脸上的表情告诉我们，她越来越失望了。

"Bob is not here. I'll show you the apartment."（"鲍伯不在，我带你们看房。"）

然后，她转身大叫一声：

"Britney!"（"布兰妮！"）

一个神情忧伤、看起来只有五六岁的小女孩走过来。她脸上很脏，头发好像几个星期没有洗过了。

"Take the baby! I'll show the apartment that is for rent to these women."（"抱着孩子！我带这些女士去看出租的房子。"）

她把婴儿递给这个小女孩，扔下了他们，带我们去看房。

我很想拔腿就跑，但我竭力克制住自己，跟着卡罗琳娜、阿丝特里德和那个不称职的母亲往前走。那间空房子在五楼，没有电梯，垃圾扔得满楼梯都是，到处都有一种呕吐物和脏尿布的味道。到了五楼，迎接我们的是震耳欲聋的音乐。有两个门，一个门里传出高分贝的硬摇滚乐（hard rock）。"房东"带着我们走向对面那个门。我们犹豫不决，不知是塞住耳朵好还是立即逃跑好。主卧室吓得我们要死，房门摇晃得很厉害，锁似乎是多余的。在这间房子的隔壁，是瓦特夫人的住处，宛如豪华大酒店中的一个套间。跟大楼的门口一样，这里也是满地垃圾。厨房里柜子都已经掉出来，空针筒扔在见证过美好时光的台子上。浴室里几乎到处都有与血迹混在一起的污迹。看着这些，我真的感到很恶心。这可不是开玩笑！

"只要800美元一个月，或者是300美元一个星期。"房东告诉我们。

怎么回答？阿丝特里德说：

"不够大。我们需要多一个房间。谢谢你带我们看房。"最后一句话她是用法语说的，然后就抓住我的手，拉着我往外走。

好险！因为好像就在这个时候，对面房间里"可爱"的邻居刚好打开门，想看看发生了什么事。

"What's going on here?"（"出什么事了？"）

一个100公斤重的汉子大声地问。他嘴里一个牙齿都没有，右眼绷着纱布，双臂文着几个裸体女人。

"Thank you for everything."（"多谢了。"）卡罗琳娜费了很大劲才说出这几个字来，她快步跟上我们，来到楼梯。

这次，我们甚至没有在人行道上停下来喘气，而是立即钻进地铁，其他什么都不管了。我胃里一阵抽搐，真的吐在了垃圾桶里。平时，我看见一块发霉的面包就会恶心，今天忍了这么长时间算很不错了。安全地到了地铁车厢以后，我们才长舒了一口气。

"多么可怕的噩梦！"阿丝特里德脱口而出，"你觉得怎么样，朱丽叶？"

"还行。别担心，我习惯了。"我用她们递给我的手帕擦着嘴。

"我觉得我们永远找不到睡的地方了。"卡罗琳娜带着哭腔抱怨道。

"别泄气，"我大声地说，"今天下午我们还要看两处房，是吗？"

"我不肯定它们会让我重拾信心。"阿丝特里德答道。

"可我经常听说皇后区和布鲁克林很不错。"卡罗琳娜好像很懂行的样子。

"不应该泄气，我们才看了两家。我敢肯定运气会变的，今天下午一定会让人难以忘记。"

我想起来了，妈妈说过，皇后区和布鲁克林确实有很好的街区。正如找东西时常发生的那样,最后看的有可能最合适。

下午1点

回到曼哈顿(布鲁克林和皇后区位于南部),我们去了中央火车站,决定到布赖恩特公园野餐,想在下午看房之前总结一下。一辆运送墨西哥玉米卷饼和其他墨西哥食品的卡车停在旁边的美洲大道(Avenue of the Americas)上。我很饿,此时,如果有一碗面吃,我什么都愿意给,没有面来两个玉米卷饼和一罐汽水也行。

人一激动就容易饿。我们正打算去流动餐馆,这时,我看见我喜欢的那个小舞蹈者和他的三个哥哥在一起。他没看见我,因为他正准备上场,支援以脑袋为支点倒立旋转的大哥。但站在他旁边的那个愚蠢的二哥发现了我。他露出一整口牙齿,朝我笑着。

"你们看,是特洛伊和他的哥哥们。"我说。
"你认识他们?"卡罗琳娜问。

"算是认识吧。"

"他们真的很了不起。我们几乎每天都能看到他们,但不知道那小家伙叫特洛伊。你知道的比我们多,朱丽叶。"阿丝特里德说,"其他人呢,你也知道他们的名字吗?他们算得上是帅小伙,不是吗?"

"啊,不!我是说,是的。我不知道其他人叫什么。"

"那我们过去看看。"阿丝特里德拉着我朝他们走去,我也渴望对他们了解得更多一些。

我们和其他行人一道聚集在他们周围。特洛伊像往常一样,不断地让大家发出惊叹。他的空中倒立是我所见到过的最漂亮的。他的表演一结束,掌声立即就雷鸣般地响起来。我第一个走过去。

"你好,特洛伊。"我弯下腰,把5美元放在他的鸭舌帽中,然后抚摸着他又短又卷的可爱的头发,问:

"你今天好吗?"

"嗨,我认出你了,你是那个漂亮的法国小姐姐。你在这里干什么?等等,太好了,我先把钱收了再回来。你站在这里别动。"

他笑起来时脸上会出现两个漂亮的小酒窝，真是可爱极了。他向观众转了一个圈，帽子里很快就堆满了绿色的美元钞票。钱收完之后，他回到了我身边。

见到我他好像很高兴，我感到非常自豪，话就多了起来。

"我叫朱丽叶，我是魁北克人，我和我的朋友们在一起。这是卡罗琳娜，这是阿丝特里德。她们来自瑞士。"我分别介绍了我的两个朋友，"她们在茱莉亚音乐学院上学。"

"你好，特洛伊。"阿丝特里德和蔼地说，然后转身问围拢过来的哥哥们："你们也讲法语？"

"我叫大卫。"年龄最大的那个往前走了一步，向卡罗琳娜伸出手，"我们的外婆生于海地。"

"这么说，我母亲没猜错。"我心想。

"我叫卡罗琳娜，很高兴认识你们。"卡罗琳娜也笑着说。

对方先向她而不是先向阿丝特里德伸出手，她一点都不吃惊，尽管是阿丝特里德第一个向他们伸出手的。我想，她已经习惯别人被她火红色的头发所吸引。

"我叫萨米。"他好像是老二,眼睛直勾勾地盯着金发的阿丝特里德。

他的目光十分温柔,身上几乎到处都有奇特的文身。

"我叫阿丝特里德,很高兴。"说着,她明智地把长发甩到脑后,"你们四个人的舞都跳得很好。真棒!"

"握下手,朋友。"圆眼睛的那位把右手一直伸到我眼前,"我叫埃唐。你叫珠儿,是吗?"

"我叫朱丽叶。"我的脸(当然)红了,"不过,嗯,你叫我珠儿也行。"

可是,我要讲些什么呢?也许站到马路对面去会更好。

"我听说你来自魁北克。我有个表兄住在蒙特利尔,那里好像很漂亮!"

"嗯,是的,不错的。"

说完这些我再说什么呢?难堪……我看着我的鞋子。我确实该换双鞋子了。

"您是从瑞士来的?"大卫问卡罗琳娜。

"是的,从洛桑来。"

"我很想哪天能去看看。"

"如果您真的去,我会很高兴带您去转转。"她咧嘴笑道。

被一个小伙子这样看着,她毕竟有点害羞,于是向特洛伊弯下腰去,也在他的帽子里放了一张5美元的纸币。

"我的小天使,你住哪里?"她问道。

"我们住在皇后区,"孩子答道,"你想去看看吗?"

"啊,我们下午正要去那里。那地方好吗?"

"看情况,有的地方好,有些地方不怎么好。"大卫说得很具体。

这个年轻人的脸色有点严峻。

"你们去那里干吗?"

"我们去看房子。"阿丝特里德解释说。

"你们真的在茱莉亚音乐学院上学?"特洛伊问,眼里闪着好奇的光芒,"那是明星上学的地方,是吗?你们是明星?"

"不是。"

阿丝特里德笑了。

4月4日星期六

"我们现在才开始学。特洛伊,你才是明星。"

"我还不是明星,但将来有一天,我会变得比Jay-Z更有钱,娶一个像你这样漂亮的金发女人。"

"宝贝,我相信你能做到的。"

"好了,小弟,你还得再吃几年干饭。"萨米亲昵地推了一下他的小弟弟,说。

"啊,如果我们还想去看房,现在就得走了。"阿丝特里德看着表说。

"已经到点了?"大卫说话的语气里有点遗憾的味道,他看着卡罗琳娜,"还是要当心,这个世界上不全是天使。"

"如果你们需要帮助,尽管打电话给我们。"萨米把一张写着电话号码的纸条塞到阿丝特里德手里。

"Ciao, bella!① 你很漂亮。"埃唐和其他人一起离开时,悄悄地在我耳边说。

"你说什么?"

我目瞪口呆。小特洛伊的哥哥,他真勇敢!我感到两颊发烫。

---

① 意大利语,意为"再见,美人!"

"我饿坏了,姑娘们。你们走吗?"幸亏阿丝特里德抓住我的胳膊,说。

卡罗琳娜显然依依不舍,最后终于把目光从大卫那儿移开,回到我们要做的事情上来。

"我来了!"她朝我们这个方向喊了一句,然后在大卫耳边轻轻说了声"bye"("再见"),大卫心满意足地笑了,好像突然变成了杜莎夫人蜡像馆中的一个蜡像。

阿丝特里德在马路对面挥动着她一直攥在手心的电话号码。

"你打算给他打电话吗?"卡罗琳娜问。

"当然不会。"阿丝特里德答道,然后不由自主地把那张纸条塞到手袋里,坚定地朝流动餐馆走去。

下午2点

我喜欢墨西哥玉米卷饼!上面浇着莎莎酱和酸奶油,太好吃了!问题是吃的时候很难保持干净。莎莎酱流到我的下巴上,酸奶油在我的手指间往下滴,甚至还弄脏了我的T恤衫。真糟糕,好不难为情！卡罗琳娜和阿丝特里德好像就没有这个问题。这真的太不公平了！

"好啦，我们还剩下两个地方要看，"阿丝特里德说，"但它们不在一起，现在已经是下午2点。你们有什么建议？"

"我嘛，我觉得今天应该去看，"卡罗琳娜说，"时间在一分钟一分钟地过去，而且，由于复活节假期，我们有可能要等到下星期才能再看别的房了。"

"问题是，布鲁克林和皇后区相距很远。"阿丝特里德指出。

"你有什么建议？"卡罗琳娜问。

"我们也许可以分成两拨。"我建议。

"好主意！"阿丝特里德表示同意，"卡罗琳娜，如果我带着朱丽叶，你自己一个人去看房有问题吗？"

"当然没问题。我可以去皇后区，是我跟看门人打电话的，那个小套间好像确实很有意思。他说附近很漂亮，那个街区有许多年轻的家庭，所以我觉得在天黑之前去那里不会有什么问题。"

"那好，我们出发吧！"

下午3点

我们一起回到了中央火车站,前往皇后区和布鲁克林的地铁线都经过那里。买了票通过旋转栅门之后,我们就在站台上分手了。

"我们下午5点在酒店会合?"阿丝特里德建议。

"不如6点,"卡罗琳娜回答说,"看完房子我想买点东西,因为明天就是复活节了。"

说完,她就脸带微笑,向我们挥手告别,去坐红线地铁了,而我们则还是坐绿线往南,去布鲁克林。

下午3点45分

我们在内文斯街(Nevins Street)地铁站下车。那个街区好像很不错,商店的门面很漂亮,孩子们在街上玩耍。这次等待我们的会是什么呢?要看的房子在斯莱特街357号3B,外墙很干净,台阶是新粉刷过的。前来给我们开门的是一个50来岁的女士,气质很好,很和蔼,头发精心梳理过,齐膝的米色

4月4日星期六

裙子,灰白色的衬衣,有点像我的朋友吉娜的外婆,总是穿戴得整整齐齐。

她手里拿着钥匙串,请我们上三楼。要出租的那个套间门口铺着一张地毯,上面用英文热情地写着:"Welcome friends."("欢迎朋友们。")进门之前,我在心里默默地祈祷。让人意想不到的是,我没有失望。这个小套间好极了,漂亮,干净,安静。接待我们的那位女士非常和蔼,给我们留下了深刻的印象,而且,她还会讲法语。

"我年轻的时候在巴黎上过学,"她用口音很正宗的法语告诉我们,"这个套间带全部的家具出租,附近有洗涤间。这个套间是刚刚结束学业的一个医学院的学生的,他到海地实习四个月。我相信你们住在这里会很舒服。那个年轻人不愿意随便租给人,你们懂的。但当我说你们在茱莉亚音乐学院学习……"

我们瞪大了眼睛,发现小厨房设备齐全,里面有煤气灶、小冰箱、一个食品加工台、食物柜,还有很多隔板,上面放着各种日常所需的厨具,包括碗碟和其他器皿。整个套间都很干净,有个客厅,里面有张圆靠背的双人沙发床、一张扶手椅、一张小桌子、两张普通的椅子和一个摆满了书的大书架。最后,还有一个小房间,里面有张双人床和一个大衣橱。

"他要多少房租?"阿丝特里德有点紧张。

"每个月2000美元。"

阿丝特里德做了个鬼脸。

"这毕竟有点贵。我得跟我的朋友们商量一下再做决定。您能等我一会儿吗?"

那位女士好像有点生气,但还是显得很豁达。

"这样吧,我本来不该答应,因为要看房的人很多,但我觉得你们值得信赖,我想帮助你们。所以,我等你们到明天同一时间。可以吗?"

"太可以了。谢谢您,夫人。"阿丝特里德大声地说,并紧紧地握着她的手,以表达自己的感激之情。

"您不会后悔的。"

一来到马路上,我们就高兴地跳了起来,径直往地铁站走。这个街区非常漂亮,有一家面包店、几家饭店、一所小学,还有一座很漂亮的公园。布鲁克林的音乐学校也在附近。

"那是一所非常著名的学校。"阿丝特里德说,"你看那边,看见那栋高大的建筑了吗?那就是布鲁克林剧院(Brooklyn Theatre),有些跟百老汇同样规模的戏就是在那里演出的。"

"哇!"

坐地铁差不多要半个小时才能到茱莉亚音乐学院。

"我在想卡罗琳娜那边是否能找到合适的房子。"我说。

"如果她也找到同样好的房子,那我们就不好选择了。我想,命运终于向我们微笑了!"

下午5点30分

回到曼哈顿,我们上了卡特酒店的电梯,它先是停在了三楼。

"你想看看卡罗琳娜是否已经回来了吗?"阿丝特里德问。

"我也跟你一样急着见到她,但我怕我母亲会担心。我们不如待会儿再见?也许晚饭后?"

"没问题,朱丽叶,向你母亲问好。你可以随时过来看我们。明天是复活节,如果能跟你母亲一起吃饭那就太好了。你能问问她吗?"

"好呀,太棒了!"

回到房间里,我看见母亲正坐在电脑前,拼命地敲打着键盘。

"我正在给《一起出发》(Sortons)杂志的主编发送点东西。我度过了非常美好的一天。你呢?"

"不错。我想我们给卡罗琳娜和阿丝特里德找到了理想的房子,在布鲁克林。"

"多么好的消息!可是,你没有告诉我你们要出曼哈顿的。"

"嗯。"

"是那两个姑娘没有事先告诉你还是你没跟我说实话?"

"……"

"朱丽叶特!"

"可是,妈妈,我是怕如果我告诉你我们要走远,你会不让我跟她们一起去。你知道,这里的出租房贵得要命。"

"你说得完全正确。我会不让你去的。"

她的眼睛里射出一道道光芒。

"不过,我会向那两个姑娘核实的。我知道曼哈顿的房子贵得离谱。"她的语气缓和了一点。

"重要的是一切都很顺利,我安全地回来了,不是吗?"

"那当然,但你对我隐瞒了事实,我不能默不作声。明天你不能再跟那两个姑娘出去了,知道了吗?"

"可是,妈妈!阿丝特里德建议明天我们一起吃饭的。"

"再说吧!"母亲打断了我的话,她的态度很坚决,不允许任何人顶嘴。"你饿了吗?"

"快饿死了。"

"我们去哈莱姆区(Harlem)转转怎么样?"

"听你的。"(我想今晚我最好态度好一点,配合一点。)

"我想早点吃早点睡。走吧?"

"走。"

下午6点

现在我又来到了纽约的大街上。啊！我是多么爱这座城市！我爱这趟旅行的每一分钟。在地铁上,妈妈跟我说起了哈莱姆区。她又开始滔滔不绝了!

"哈莱姆区长期以来被看作是危险的街区。它原来是一个黑人聚居区,在20世纪80年代,白人甚至不敢在大白天来这里。有些房子的窗户被人用板条完全钉死,被破坏的汽车扔在马路中间。现在,情况已大为好转。这个街区已成了一个时尚区,潮流艺术画廊、画室和许多年轻的白人专业人士都选择在此定居。

"事实上,曼哈顿所有街区现在都很安全,这跟二十世纪八九十年代完全不是一回事了。你明白吗?"

"不太明白。应该说,20世纪80年代对我来说几乎相当于史前时代。你说是吧,妈妈?"

"朱丽叶!"

4月4日星期六

晚上7点

我们坐在马尔科姆·艾克斯大道（Malcolm X Boulevard）328号的西尔维亚餐厅（Sylvia's）里。这家饭店以灵魂料理（soul food）[①]闻名，这种菜肴来自美国南部。饭店里放着音乐，环境和气氛都非常好。菜单上没有面食……我便要了一份炸鸡，妈妈要了一份肋排。

"妈妈，这是什么风格的音乐？"

"宝贝，这是爵士乐。20世纪40年代很传统的爵士乐。"

"啊，这就是爵士乐？"

"是的，这是其中的一种。"

我们点的餐上来了，我都要流口水了。

闻起来确实很香。今天，我和那两个女孩走了那么多路，我想，现在，我连昨天晚上在唐人街的玻璃橱窗里看到的那种怪虫都吃得下去。也许吃不

[①] 灵魂料理是美国料理的一种，非洲裔居民的传统菜式，以煎炸为主。

下去，但也说不定。

"好吃吗？"妈妈问。

"我的这份鸡肉有点辣，但味道不错。"说着，我一口咬向多汁的鸡胸肉。

"比我星期天做的鸡肉还好吃？"

"嗯，差不多。"

为了不让某人伤心，撒点小小的谎有时是可以接受的……在旁边的那张桌子上，人们在庆祝生日。应该有二十五六个人。装作若无其事的样子偷偷地看一下他们还是挺有趣的。我觉得，发现他人是如何生活的，这是旅行中最有趣的一面。瞧，过生日的那位女士站起来了。让我大吃一惊的是，她开始唱起来。歌很好听，我觉得曾经在什么地方听到过。

> Summertime,
>
> And the livin' is easy
>
> Fish are jumpin'
>
> And the cotton is high
>
> （夏日时光
>
> 生活如此简单

鱼在水中跳跃

棉花长得高高）

可是，是在哪儿呢？

Your daddy's rich

And your mama's good lookin'

So hush little baby,

Don't you cry

（你爸爸有钱

你妈妈漂亮

嘘……小宝贝

你别哭）

"这首歌叫《夏日时光》，"妈妈告诉我，她已经泪眼蒙眬，"这是一首经典的美国歌曲。我们家有其中一个版本的唱片。你听出来了吗？多么了不起的杰作！"

"你这么觉得？"

啊，我应该听出来的，因为这首歌妈妈在她的老唱机上每个月起码放一次。糟糕的是，这一次，我完全同意她的看法。那个女人的声音非常迷人，我突然感到自己幸福极了。有时，摆脱日常琐事，到处走走,这比上学要好。数学课似乎已经离我非常遥远了……啊,我希望这个星期永远不要结束!

晚上9点

回酒店时,前台服务员向我们迎来:

"A message for you, Misses."("女士们,你们有个留言。")

妈妈惊讶地接过对方递过来的纸条。

"啊,是阿丝特里德。她请我们过去找她。"

"那两个女孩也许想跟我们谈谈今天下午卡罗琳娜看过的那套房子。我让她们告诉我结果的。我们去吗?"

"好吧,但只能去几分钟。我趁这个机会去告诉她们我不赞同你们今天所进行的小小的冒险行为。"

"妈妈!你总不能不顾我的面子。"

"这是两码事。别担心。"

我们到了224房间门口,来给我们开门的是脸色苍白的阿丝特里德。

"啊,是你们,朱丽叶,贝鲁贝夫人!谢谢光临。你们今晚见到卡罗琳娜了吗?"

"没有啊。为什么这么问?"

"她好像下午没有回酒店。我们下午在地铁站分手之后,就没有人见过她。现在已经是晚上9点了,我都急死了。卡罗琳娜没有这么晚回来的习惯。"

"啊!"

"除了我们仨之外,她在纽约还认识什么人吗?"妈妈果断地走进房间,问。

"不认识,她谁都不认识。"

"除了特洛伊和他的哥哥们。"我说。

"对,她认识特洛伊和他的哥哥们,但我们跟他们不熟……"

"你们又见到那几个小伙子了?"

"是的,但只是见过而已。妈妈,他们很友好。"

"直到有相反的证明之前。"妈妈回答说,"阿丝特里德,你联系过卡罗琳娜下午去见的那个看门人了吗?"

"联系了,他说卡罗琳娜根本就没有去看房子。"

"你报警了?"

"还没有,我……我太害怕了!贝鲁贝夫人,您觉得她会出什么事吗?啊,我不知道该怎么办!"

"别怕,有我呢!"妈妈向她伸出双手,轻轻地说。

阿丝特里德尽管已经19岁,却仍在我妈的怀里潸然泪下。

晚上9点15分

我们三人来到大堂。

"前台服务员说,失踪不到24小时,警方可能不会立案。我们要等到明天下午,但我们不能就这样等!"妈妈说。当她表现出这种坚定的态度时,你就要小心了!

"不管怎么样,他们把离这里最近的警署地址写给我了。我们就去那里!"

"天哪,贝鲁贝夫人,我不应该让她一个人去的!"

"别太担心了,阿丝特里德,"妈妈答道,"这不是你的错。"

"我倒很愿意相信她很快就会走到这扇大门

前,问我们为什么一个个哭丧着脸。"我试图缓和紧张的气氛。

"朱丽叶,我衷心希望你说的会成真。"

晚上10点30分

我们一起推开警署沉重的大门。阿丝特里德带来了卡罗琳娜的一张照片。大厅里全是人,有男人,有女人,也有小孩。他们好像在等什么。一个警察坐在有防弹玻璃的窗口后面,问我们有什么事。妈妈先开口,解释了我们来这里的原因。那个警察看样子还挺和蔼的,但似乎弄不太清楚怎么回事。听完我们的陈述,他问了几个问题:卡罗琳娜在这里认识谁?她是个什么样的姑娘?是不是那种会不打招呼擅自去玩的人?

"绝对不是!"阿丝特里德生气地回答说。

正如酒店前台服务员所推测的那样,警察起初不接受妈妈和阿丝特里德的报案,说卡罗琳娜已经18岁,我们当中没有人跟她有亲属关系。但妈妈坚持不懈,警察最后给了我们一张表,让我们填写。

阿丝特里德和妈妈立即填写了,然后交回给那个警察。警察把卡罗琳娜的照片贴在上面,在所有的材料上都盖上一个戳,然后就把我们送了出来。

我们来到大街上,还没来得及抗议,眼泪就哗哗地流下来了。难道他不相信我们吗?

"什么,这样就完了?"阿丝特里德惊讶地问,她觉得不可思议。

"今晚恐怕就这样了。"妈妈说,"我们最好还是现在就回酒店去,说不定卡罗琳娜回来了呢?"

她的语气很鼓舞人心。通常,母亲在各种情况下都知道该怎么办。

晚上11点45分

回到酒店,我们根本看不到卡罗琳娜的影子。灾难!由于不能把阿丝特里德一个人扔在房间里,妈妈建议我们今晚一起到她们的房间里睡。她们的房间里有两张双人床,我们不会睡得太挤的。躺下来之后,我们迟迟不能入睡,况且,妈妈和我两

4月4日星期六

个人睡在卡罗琳娜的床上，却不知道她出什么事了……突然，我希望自己是在别的地方，希望自己睡着了，醒来后发现是在自己家的床上，正准备赶校车，回学校去上数学课呢!

4月5日星期天

上午7点

卡罗琳娜失踪了!在这个复活节的早晨,当我睁开眼睛的时候,我的第一个念头就是:卡罗琳娜失踪了!

天哪!这真的是复活节吗?当然啦,因为今天是星期天。哎呀,多么可怕的事情!我下床的时候,妈妈已经在淋浴。她从浴室里出来的时候,头发还是湿的。

"女儿,快准备一下,阿丝特里德下楼到前台去核实是否有人给我们留信息了,我也建议她借此机会打电话给卡罗琳娜在瑞士的父母,她是从我们的房间里用自己的电话打的。我不想让她失望,但如果警察不作为,今天我们自己要行动起来。"

4月5日星期天

"你这是什么意思?"

想到要跟母亲和阿丝特里德三个人去追寻绑匪,我感到有点害怕。

"在复活节的大白天,去卡罗琳娜昨天下午可能赴约的地方去看看是否有人见过她。我觉得不会有太大的危险,这肯定也不会影响我们去警署。但在这之前,我先带你们去吃早餐。如果肚子空空,谁都不会有清醒的头脑。"

上午8点30分

潘兴广场饭店。妈妈要了一份巧克力香蕉煎饼,但我真的一点胃口都没有。阿丝特里德也几乎没碰她的墨西哥玉米卷饼。妈妈只吃了一半,我从来没有见过复活节的早餐吃得这么凄凉……

上午9点

今天,第五大道有复活节游行。你们可不要错过这传统的游行哦!走出饭店,我们就陷入了游行队伍之中。从19世纪中叶开始,纽约人就习惯在复活节那天穿上最漂亮的衣服,尤其要戴上帽子,在第五大道游行。没有花车和乐队,但有帽子的海洋。今天,游行已成为展示各种奇形怪状的帽子的机会。五颜六色的帽子,插花缀饰,标新立异。越高大便越美,有的帽子做成果篮或鸟巢的形状,还有的像兔子或多层蛋糕……如果我不是那么心烦意乱,这些怪异的纽约人本来是会让我喜笑颜开的。但我头疼得很,精神涣散,就在这时,我看到了他!

"特洛伊!"

特洛伊和他的哥哥们戴着瓜皮帽,正打开自己的箱子往外拿东西。

"埃唐!"

我怎么也不相信自己再次见到这个年轻人和他的小弟弟会那么高兴。

"唉,朱丽叶,现在不是时候!"妈妈夸张地叹了一声,说。

"贝鲁贝夫人,请给我们一分钟。"阿丝特里德插话说,"也许您不知道,这兄弟四人就住在皇后区。他们也许能给我们提供一些信息。你好,萨米。"她走到那个文身的年轻人身边,打招呼道。萨米看到她脸都放光了。

"我们能谈一分钟吗?"

"当然,我的朋友。"

"你好吗?"埃唐贴了一下我的脸,问。

看到这些友好的面孔我太高兴了,所以对这个年轻人的亲昵行为并没有感到生气。大卫走向我们,好像在寻找什么人。

"你们的那个红发朋友哪里去了?"他看着我们周围的人群。

够了!阿丝特里德和我突然泪流满面,简直就像洪水决堤!我两眼泪水汪汪,阿丝特里德悲伤地抽泣,我们俩怎么也无法把事情说清楚。当眼泪挡住我们的视线,前面10米远的地方都看不清楚的时候,说话是不那么容易的。我们颤抖着嘴唇,呼吸都无法正常进行。

上午9点30分

大卫、特洛伊、萨米和埃唐关切地看着我们。机智的妈妈建议大家都到布赖恩特公园坐一会儿,冷静地商量一下。阿丝特里德和我终于把卡罗琳娜失踪的事告诉了这些小伙子。正如我们预料到的那样,他们马上提出来帮助我们寻找。老大大卫尤为友好,当阿丝特里德把卡罗琳娜赴约的详细地址递给他时,他惊讶地叫了一声,说他对那个地方非常熟悉。

"那是公共大楼,也就是说,那栋楼属于纽约市政府,房子的租金相当便宜。但那里经常发生奇怪的事情,我们首先应该去那里看看。"他说得很肯定。

有朋友依靠,是多么好的事情啊!想到妈妈、阿丝特里德和我不用独自去那里,我顿时放心了许多。我们不再浪费时间,七个人立即向地铁站走去,搭紫线前往皇后区。

"我和我的兄弟们都出生在皇后区。"埃唐告诉我说,两眼闪耀着自豪的光芒,"我们和外婆住在一起。"

我不敢跟他提起他母亲，因为我遇到他们那天，特洛伊告诉我，他们的母亲已经去世。于是，我只问他：

"那你父亲呢？"

"啊，他呀！"他耸耸肩，回答说，"母亲去世后，他就彻底消失了。那时特洛伊还是个婴儿。"

"他刚刚学会走路，我们就教他跳舞。"萨米开心地笑着，对我们说。

"我们梦想哪天有个经纪人发现我们。"特洛伊踮着脚转了一个圈，说，"到那时，我就可以在百老汇的舞台上跳舞了！"

"可我们必须努力，否则……"大卫总结道。

我母亲最喜欢在我们所旅行的国家结识人了，事情发生了转折，她似乎非常高兴，一字一句地听着这四个小伙子说话。

"多么了不起的心愿！"阿丝特里德表示赞同，她自己也梦想成为一个舞蹈明星。

我是多么希望大家的梦想都能成真啊！但眼下，我只想着卡罗琳娜。这也是她的梦想，但她现在也许正受到威胁。从第五大道到皇后区路途很远，为了打发时间，大卫告诉我们，皇后区是纽约的五个行政区之一，有200多万居民。它也是面积最大、民族最多的区。每个月都有来自世界各地的移民来此安家落户，在那里可以听到各种语言。

"哇！"

"皇后区有一些街区非常漂亮，遗憾的是，有些部分以贫穷及少数族裔聚居而闻名，"萨米接着说，"那些地方不建议大家去，尤其是外国人。"

"卡罗琳娜去的地方就是这种情况，是吗？"妈妈问。

"事实上，你们的朋友去看的那栋房子在一个名叫'嗜血帮'的马路党的控制下，"大卫解释说，"那是一些流氓！我很惊讶你们会在茱莉亚音乐学院找到小广告，说那栋楼有房子出租。我在想，你们会不会是在抄地址的时候抄错了，因为旁边那条马路的环境就要好很多。"

"太恐怖了！"阿丝特里德大叫起来。

"这太可怕了。"我说，眼泪都要出来了。

埃唐想安慰我们，他笑着友好地握着我的手。

"别担心,我们会找到她的。"他说。

出了地铁,我、妈妈和阿丝特里德便走进了一个在此之前我们一直很陌生的社会。与充满魅力的曼哈顿相比,皇后区这个地方要冷漠得多。房屋的外墙很破烂,只看到四处乱窜的流浪猫,人们步履匆匆,不东张西望,好像只有一个愿望,就是尽快回家。

"现在,我们该怎么办?"

我的声音有些颤抖。

"从这儿走。"大卫说着,把我们带到地铁站后面的一条小巷里。

我们来到一栋小房子前,它独自处于群楼之间,显得有点奇怪。红砖的墙面已几乎发黑,窗户也早就需要更换或重新刷油漆了,门也一样,都有些年头了。我看见妈妈颤抖起来,一看她这样子,我就明白,她在想,我们遇到了什么麻烦。

"我们是不是应该直接去警察局?"她看着大卫,建议道。

大卫正从口袋里掏出一串钥匙。他没有立即回答,而是把一把钥匙插进锁孔,然后又把另一把钥匙插进第二个锁孔。门开了，里面黑乎乎的。妈妈抓住我的手，大卫伸出手臂，让我们进去。

"你们在这里是安全的，"他笑着说，"进来，不用怕。"

一个穿花格子裙的小老太太过来迎接我们，她满脸皱纹，像个老苹果，但她的微笑亲切而热情，让我们很快就放下心来。她的脸上写满了善良。

"进来，进来！"她用克里奥尔语说，和蔼地招呼大家，然后转身对大卫说：

"带客人回来，你应该早点通知我的。我好准备更多的板栗煮鸡。"

"别忙了，Grann，你总是太操心，我们自己会安排的。她们是我的朋友，讲法语。"大卫搂住她，在她额头上吻了一下。

"朋友们，我给你们介绍一下我外婆。'Grann'在海地的克里奥尔语中是'外婆'的意思。"

"夫人，很高兴认识您。"妈妈微笑着跟她打招呼，第一个上前去跟老太太握手。

"您好！"阿丝特里德也高兴地伸出手去。

"您好！"

4月5日星期天

我像往常一样,呆呆地站在那里,不知道说什么好,一句好听的话都说不出来,只知道傻笑,脸红得像个熟透了的番茄。

"请叫我Grann吧,孩子们。进屋,进屋!"老太太亲热地抓住我母亲的胳膊,把她往屋里拉,"别客气,把这里当作你们的家。"

屋里陈设简陋,但非常干净。我们站在厨房中间,好奇地睁大眼睛。大卫和外婆的克里奥尔语讲得很快,我一句都听不懂。老太太先是遗憾地摇摇头,然后愤怒地叫了一声,最后满怀同情地看着我们三人,说:

"姑娘们,别担心,我的外孙们会找到你们的朋友的。来,坐下说。"她一直看着我母亲,指着桌边的椅子对大家说。

我在想,妈妈被人叫作"姑娘",心里会怎么想。我衷心希望外婆说的是真的,事情不会往更坏的方向发展。

阿丝特里德的脸苍白得像一张白纸,我很怕她会突然倒下。

萨米应该也发觉了,因为就在她开始双腿发软的时候，他把椅子推了过去。

可怜的阿丝特里德！她先是丢了钱包，现在她最好的朋友又失踪了，她迟早会崩溃的。该死！就是这种想法把厄运给引来的。快，想想别的事情！对了，外婆看起来好像很酷！

上午11点

大卫拿起老电影中那种挂在墙上的有线电话，在几分钟内拨了好几个电话。他说得很快，又是用英语，又是用法语，又是用克里奥尔语，所以我没听懂什么，只知道他在向朋友打听情况。他本人真的认识帮派集团成员吗？有时，他大喊大叫起来，好像在跟什么人吵架。他打了六七个电话之后，才一脸严肃地转身对大家说：

"我们去找卡罗琳娜！姑娘们乖乖地与特洛伊和外婆留在这里。"

"我跟你们一起去。"妈妈从椅子上蹦起来，大声地说。

"很遗憾，那地方真的不适合您，夫人。您就放心吧,我们会把卡罗琳娜带回来的。"

"你们知道她在哪里了?"妈妈问。

"我不确定,但我想我知道了。"大卫回答说。

"我想去,带我去吧,大卫。"特洛伊双手合十,哀求道。

"不行。"哥哥的态度很坚决,他转身对外婆说,"如果一小时后我们还不回来,那就报警,把这个地址给他们。"

他把那张纸条递给外婆,上面有阿丝特里德所写的卡罗琳娜可能去那里看房的地址,然后,他又用克里奥尔语跟外婆说了几句话。外婆好像有点担心,我知道他是在安慰她。接着,他向我们挥挥手,转身带着两个弟弟离开了,尽管特洛伊在大喊大叫表示反对。临走之前,埃唐朝我眨眨眼,羞得我满脸通红。外婆轻轻地抱住特洛伊不让他走,然后转身对我们说:

"我们去花园喝杯汽水怎么样?"她建议道。

看到我们失望的样子,她扬起手做了一个安慰的动作。

"让小伙子们去解决吧,他们知道该怎么做。

别担心了,走吧!"

说起来容易做起来难。我们三个人都这么想,所以脸色十分难看。

外婆的花园很小,但很漂亮。一张白色的塑料桌子,其中一只腿已经断了,被球棒代替,五把椅子都已经褪色。妈妈立即就赞叹起来,这让外婆感到非常高兴。花园四周有数百株各种植物,散发出花香。但花园里最抢眼的,恐怕要数那棵漂亮的粉红色玉兰树了,待在树底下十分舒服,很难相信这是在城市的中心。而且,弗朗索瓦(这是她的姓)外婆的汽水是我们喝过的最好喝的汽水。甜得恰到好处,似乎还加了一点月桂,确实很清凉。

"不管怎么说,他们都应该带我去的,"特洛伊伤心地摇着头,嘟哝着,"我敢肯定我会对他们有用的。"

我们个个都忧虑不堪,所以都没有回答他。为了改变话题,老太太建议给我们讲讲她的身世,当然没有一个人敢反对。

"我生在海地的太子港,那是西印度群岛中一个非常漂亮的岛屿,但也很穷。我11岁的时候,我当音乐老师的父亲决定移民。他觉得,如果我和我的兄弟们在美国长大,生活会好很多。你们真应该听听他说'美国'这两个字的时候是多么自豪!于是,1951年,我和父母及两个哥哥离开了亲爱的太子港,来到皇后区安家落户。爸爸很快就给我的两个哥哥在一所中学里找到了工作。"

由于外婆独一无二的口音,我们都以为自己来到了另一个地方。时间突然停止了飞逝,甚至连妈妈都怔住了。

"孩子们,你们还要汽水吗?"

"不,不!汽水很好喝,但是,外婆,请您继续讲下去。"阿丝特里德请求道。她缓了过来,气色好了很多。

"我永远忘不了我们来到埃利斯岛的那一天。那是1951年4月,那天刚好是复活节。我的第一个印象是这里冷得不可思议。而且,坐落在自由岛(Liberty Island)上的自由女神像离这里很近,我觉得又漂亮又可怕。当时,所有的移民一下船就要接受医疗检查。有生病迹象的人将被遣返回国或关在岛上的医院里,往往一关就很长时间。许多人死了。他们对我们进行医疗检查后，一口气问了我们29个问题。我们姓什么叫什么，父母叫什么，年龄，上学多少年，得过什么病，身上带了多少钱……没有病但有钱的人很快就被接受了，只在岛上待了几个小时，但3000多人死在了岛上的医院里。有的人被遣返，是因为人们不希望他们在这里扩大失业的队伍。这很让人伤心。当时，埃利斯岛被称为'眼泪岛（The Island of Tears）'。我和我的家人很幸运。在这一点上，是的，非常幸运。在埃利斯岛上住了一夜之后，父亲把我们带到了这里。这个街区当时很不一样，环境非常好，住在这里的都是一些诚实的劳动者，还有许多家庭。应该说，那是很久以前的事了。"

她伤心地摇摇头，接着讲下去：

"到这里10年之后，我父亲死于一场车祸。他刚刚买了一辆新车，别克牌的，像夏天的海地一样蔚蓝闪亮。他多么为此感到自豪啊！但车祸让我母亲伤心欲绝，她深爱的丈夫去世后，她没能坚持太久。爸爸死后一周年的那天，她心脏病突发，也离开了我们。我那时才22岁，刚刚嫁给英俊的诺阿，我一生中的爱人。"

外婆激动地停了一会儿,特洛伊抓住了她的手。看到祖孙俩如此情深,我们非常感动。

"我丈夫是个泥瓦工,我们结婚后他就买下了这栋房子。"她接着说,"当时,这个街区非常漂亮!大部分家庭都来自西印度群岛。孩子们跑来跑去,玩着各种游戏,说着法语、克里奥尔语或西班牙语。"痛苦让她满是皱纹的脸掠过一阵阴影。"我很难生育,流了三次产终于生下吕克莱丝,也就是孩子们的母亲。这让我非常欣慰。不过,分娩不太顺利,当时医生告诉我,在这之后我无法再生孩子了。吕克莱丝曾是诺阿和我的一切快乐所在。应该说,那个孩子真的像一道阳光。她父亲非常喜欢她。可怜的诺阿,上帝想召他去天堂。就在他的宝贝女儿结婚前不久,他去世了。他的心脏有问题。这也许更好,因为很不幸,女儿的婚姻不幸福。"

一滴眼泪流在了外婆的脸上。我妈妈被打动了,抓住她的一只手。

"否则,她父亲会伤心死的。"外婆接着说,"我们的吕克莱丝所嫁的那个男人,一事无成,不但好色，而且还是个酒鬼。他在离这儿不远的一家饭店当侍应，但跟谁都吵架，不久就被老板炒了鱿鱼。后来，他再也没有连续工作过三个星期以上，总是被开除。不久，经济危机爆发，随之而来的是失业潮，这个街区开始发生变化，人们再也付不起房租，难以体面地养家糊口。我的吕克莱丝非常失望，加上她有四个孩子。生了特洛伊之后不久，她就病了，一直卧床。她去世之后，她冷酷的丈夫竟然跑路了。幸亏，四个孩子都是好孩子。他们像妈。我现在就剩下这四个孩子了。"她最后说。

"这个故事很悲惨，外婆。"我说。

"一点也不悲惨。我的外孙们很有才能，他们白天去一所舞蹈学校上学，晚上去百老汇的一家剧场跳舞。他们总有一天会出名的，还可能会把大舞蹈家娶到家里来。"

"啊！"

"是的，这是肯定的。"妈妈慷慨地表示赞同。

我惊讶得合不拢嘴。这么说，外婆并不知道她的外孙们白天晚上都在曼哈顿的人行道上消磨时间！突然，我对自己的妈妈产生了无限柔情，她尽管会不时地朝我发火,但她悉心照顾我,让我几乎不用操心其他事情,除了把碗碟从洗碗机里拿出来、叠被子和按时交作业……

中午12点

我们没有注意到时间在一分一秒地过去,但确实已到中午。仍然没有大卫、萨米和埃唐的消息……也没有卡罗琳娜的消息。阿丝特里德紧张地把玩着她手袋上的棉球,外婆绞着双手。我觉得必须结束这一切,于是跳起来大声地说:

"我们要么去那里,要么报警!"

"我们分成两拨。"妈妈果断地说,"外婆,您立即报警。小伙子们走了有一个小时了。至于我们三个,"她看着我和阿丝特里德,"我建议我们去那里转一下,侦察侦察。现在是复活节中午,如果我们待在马路上,行人能看见我们,就不会有太大危险。外婆,大卫给您的那张纸上写着的地址究竟在什么地方?"

"亲爱的,离这里不远。"老太太说着,把纸条递给了她,"街角拐弯,然后走到马路的尽头,右边的第二栋房子。'嗜血帮'就住在那里。"

"'嗜血帮'?那是什么人?"阿丝特里德问。

"那是一些小恐怖分子,他们想在这个街区称王,"外婆解释说,"一些没有教养的小流氓,一点都不知廉耻。一个真正的毒瘤!"

"那好,"妈妈叹了一口气,"我们去看一眼,如果情况恶化,我们就撤回来。"

"我要跟你们一起去!"特洛伊从椅子上跳起来,大声地说。

"不行。"母亲不同意,听她的口气好像不容反驳,"特洛伊,你和外婆千万不能离开这里。我们一出门你们就报警,告诉他们有个年轻的女游客被绑架了,你们大概知道她在哪里,你哥哥们去营救的时候遇到了危险。把地址给他们,等我们回来。好吗?"

外婆忧心地点点头,她跟我们一样心里不踏实。

"好吧,我马上打电话。你们千万要当心!"

"我们会很小心的。待会儿见!"妈妈拥抱着她,说。

4月5日星期天

我和阿丝特里德也抱了抱她,然后转身离开,心里很不踏实。唉,真是多灾多难啊!我以后再也不跟母亲一起出来旅行了!

没有了特洛伊和他的哥哥们,街上好像更荒凉了。根据外婆的指引,我们四处张望,寻找着那座房子。一到那里,我们就发现那是一栋很高大的楼房,窗户很脏。我数了数,有六层,每层应该有八九户人家。一楼的窗有窗栅,但大门却是敞开的。我们丝毫看不到大卫、萨米和埃唐的影子。妈妈凭着自己的勇气,勇敢地走进了大门。我们站在原处没动,看着她。突然,一声尖叫划破长空。

"啊!"

"卡罗琳娜!"阿丝特里德脱口而出。

她什么都不顾了,跑到我母亲身边,使劲地敲着二楼的大门,那里面好像有人在大喊,随后是巨大的嘈杂声,接着又传来其他叫声。这次是男人的叫声,随之是搏斗声,好像还有人开了一枪。我吓得大叫一声,妈妈和阿丝特里德赶紧掉头跑回人行道上。

与此同时,我们听到了警笛声,来了许多警

车，发出刺耳的刹车声，停在大楼前面。

"举起手来！"警察旋风般冲下车，齐声高喊。

"应该有十多个警察。"我放下心来。

"不止！我们好像在看电影。"阿丝特里德轻声地说。

我们马上举起手，向警察跑过去，把情况告诉他们。警察两人一组，先后向大楼发起了进攻。前两组撞破了二楼的大门，另外六个警察拿着枪冲进里面，其余警察在外面警戒，其中两人负责保护我们。

"What's going on here? Who are you?"（"发生了什么事？你们是谁？"）

一个警察问妈妈。

妈妈把事情原原本本地讲给他听，阿丝特里德也在一旁补充，尽管她哭得差不多说不出来话了。卡罗琳娜怎么样了？小伙子们又遭遇了什么事？十分钟过去，我们觉得就像过去了两个小时。之前进去的警察又出现在这该死的建筑的门口。他们押着七个满脸凶相、肌肉发达、一身黑衣、穿着T恤衫的家伙。他们垂头丧气，三个像纽约尼克斯（Knicks）篮球队的队员那么高大，两个像是相扑选手。

4月5日星期天

远处又传来了警笛声。三辆救护车和两辆囚车同时赶到。我继续严密监视警察冲进去的大门,有人在外面站岗。冲进去的警察很快就出来了,护送着萨米、大卫和埃唐。萨米一瘸一瘸的,埃唐捂着自己的左臂,一脸痛苦的样子,大卫的一只眼睛黑得像熊猫眼,嘴唇也肿了,不断地看着身后。谢天谢地,他们还活着。但是,卡罗琳娜呢?最后一个出门的警察手里抱着什么人,包在一件格子花呢衣服里面,一绺红发从里面露了出来。

"卡罗琳娜!"

我迟疑地大喊了一声,声音大得在百老汇都听得见。站在那里正接受警察询问的阿丝特里德赶紧向她的朋友跑过去。

"She was more frightened than anything else."("她只是受到惊吓,没别的事。")那个警察说着,把她小心地放在担架上。

"卡罗琳娜,他们伤害你了吗?"阿丝特里德问。

"他们把我关在一个小屋里,给我送吃送喝,"卡罗琳娜显然受到了刺激,"我想我一定是弄错了地址,这里根本没有出租屋。大卫兄弟们想把我从这里救出去,谁知自己也被他们关了起来。啊,阿丝特里德,我一直听见他们在打电话。我想他们想把我卖到拐骗妇女为娼的市场上去。"

她号啕大哭起来,这时,有个摄影师不知从哪儿钻出来,在耀眼的警灯下,拍摄这个场面,一个记者则在解说:

"A terrible adventure for three rash French girls this Easter weekend in Queens..." ("这个复活节周末,在皇后区,三个法国女孩不幸遭遇了一场可怕的危险……")

唉,复活节的一个周末!

4月6日 星期一

中午12点30分

今天早上,我们睡了个大懒觉。这可以理解,因为昨天发生了那样的事。卡罗琳娜还在睡觉,阿丝特里德、妈妈和我在22楼的房间里吃早餐。许多记者守在酒店的大门外,在等待新闻或令人震撼的照片。

阿丝特里德和卡罗琳娜昨晚在睡觉之前,已经打电话给她们远在欧洲的父母。由于时差关系,当她们联系上家人的时候,都已经快到中午了。得知女儿遇到这么大的危险,卡罗琳娜的父母非常愤怒,首先要求她搭第一班飞机回瑞士。妈妈不得不接过话筒跟他们说话。我不知道她是怎么说的,但她最后说服了他们,让他们相信他们的女儿已经安全。卡罗琳娜的父亲甚至说他这个星期就要亲自来了解事情真相，并将利用这个机会帮助她们寻找住所。

阿丝特里德的父母得知卡罗琳娜的父亲要来现场处理，大大地松了一口气，"你们俩本来都很有可能永远消失的。"阿丝特里德的母亲说。"她说得有道理，"妈妈附和说，"纽约很漂亮，但千万不要在一座陌生的城市里做无谓的冒险。"

而我呢，我现在还怕得发抖。阿丝特里德和卡罗琳娜道歉说把我卷入了这件事中，她们可怜的样子让妈妈心软了。"你们三个人都健康安全，这是最重要的。"她紧紧地搂着我们，说。

我有一个了不起的妈妈。

我们现在关心的是，大卫、萨米、埃唐和特洛伊现在怎么样了。

"但愿这件事不会再给他们增添麻烦。"卡罗琳娜说。医院准假让她晚上出来，她确实是受到惊吓大于伤害。"大卫真的是很不可思议，"她告诉我们说，"为了把我救出来，他拼命搏斗，但那群强盗的人数太多了。当他们一起扑上来打他时，这个可怜的人终于抵挡不住了。至于萨米和埃唐，他们出拳多,但挨打更多。这太可怕了!"

埃唐似乎伤了一条胳膊,萨米伤了一条腿。但愿他们的伤势都不严重。由于我和阿丝特里德护送卡罗琳娜上了救护车,我们就没有再看见他们,也不知道他们现在被带到了哪里。后来,我们又不得不去警察局,给不同的警察重复同样的话,不知重复了多少遍,然后才回到卡罗琳娜的床前。但愿这场险遇没有给我们的新朋友造成麻烦。可怜的埃唐,他需要所有成员都在场,才能在跳舞的时候完成出色的动作……但愿他和他的兄弟只受了一点轻伤。

我正在沉思,突然,电话铃响了。妈妈去接电话。

"是谁?啊!我很好,您呢?卡罗琳娜还在睡,不过姑娘们都在我身边,大家都很好。嗯,我不知道。不,不,卡罗琳娜她很好,您别担心。是的,很好。不过,事情还是很惊险的。她受到惊吓也很正常。让我跟她们谈谈,我稍后打电话给您,好吗?请把您的电话号码给我。好,我记下了。谢谢您,再见!"

她挂上电话,说:"是大卫,他说他外婆邀请我们大家吃晚餐。栗子烧鸡。你们喜欢吗?"

晚上6点30分

生活有时还是很美好的！我们这一小群人终于聚齐了。妈妈真的很喜欢外婆，外婆也很喜欢她，两人好像有说不完的话。英俊的大卫坐在卡罗琳娜旁边，幸福地喁喁私语，深情地称她为"我的红发美人"。至于阿丝特里德、埃唐、萨米、特洛伊和我，我们聊个没完，开心极了。小伙子想教我们几句海地的克里奥尔语，这种语言有点像法语，但并没有因此而变得更加好学。

外婆做的板栗鸡非常好吃。那是以鸡肉、板栗和蔬菜为基本食材的传统节日菜肴，加上各种调料，要炖上整整一天。这是我吃过的最好吃的鸡肉。我这样对外婆说了。妈妈是个喜欢讲理的人，但对此也没话可说。应该说，她也很享受。埃唐因为左腕挫伤，一只胳膊绑着绷带。至于萨米，由于扭了脚，他必须挂几天拐杖。所以，这些小伙子要好几天不能在马路上跳舞了……

"你们的运气都很好，死里逃生，没有大碍。"

4月6日星期一

"是啊,"外婆点点头,说,"亲爱的孩子们,如果没有你们,我该怎么办啊?"

四个男孩满怀深情地望着她。多么美好的家庭啊!

天气非常好,我们都坐在花园里。

"哎,姑娘们,"大卫说,"天气预报说,明天会更热。我们去康尼岛玩几个小时怎么样?"

"好啊!太棒了!"大家异口同声地回答。

多么美好的日子,但愿它不要结束!

4月7日 星期二

下午2点

"康尼岛位于布鲁克林南端,是个古老的岛屿。1870年,南北战争之后不久,这个岛立即就通过铁路和电车与城市连接了起来,"妈妈告诉我说,"现在,我们坐地铁就可以去那里。"

阿丝特里德、卡罗琳娜和我在大卫、萨米、埃唐和特洛伊的陪伴下,在那里度过了一天。妈妈有其他工作,所以不能陪我们一起去。我没有表示太大的反对……这是我们在这里的最后一天。如果此刻我感到不幸福,我会很伤心的。以这种方式结束我的纽约之行,这多好啊!我只记得在这里是多么快乐,有新朋友相伴。

只有一个阴影:今天早上,阿丝特里德终于想起来了,立即打电话给布鲁克林的那位女士,说她和卡罗琳娜想租那位医学院学生的房子。但那位女士告诉她们说,由于没有在说好的时间内得到她们的消息,她已经把房子租给别人了。

"我们又回到起点了,"阿丝特里德叹息道,"真让人泄气!"

面向大西洋的海滩长达数公里,海水全年都很冷,但小伙子们说,坐在沙滩上很舒服,因为阳光很暖和。

"在一年当中的这个时期,天气很少这么温和。"萨米解释道,"我们的运气很好。"

卡罗琳娜和阿丝特里德带来了她们印着印度传统纹样的桌布。能不能大点啊!对于七个人来说,这也太拥挤了,但谁也没有表示不满。

上午,我们先去了月神公园(Luna Park),那是康尼岛的一个主题公园。我们七个人坐上了古老的大转轮,可以说是成双成对,然后是特洛伊、卡罗琳娜和大卫。坐在埃唐身边,我感到很滑稽。由于他让我先上,他的左臂又吊着绷带,不能像大卫对卡罗琳娜和萨米对阿丝特里德那样搂着我。我不知道自己是失望还是解脱……不管怎么说，他很可爱，一直朝我笑着，我想我很喜欢他这样子……要知道，我曾经把他当作一个粗鲁的人。太难为情了！

我们还玩了过山车，玩碰碰车的时候我们开心死了。这个公园是20世纪初建的，许多娱乐设施都差不多100年了，有的是木头做的，有的是金属做的。绝对过瘾！但也有许多现代旋转木马。由于我坐飞机、汽车、轮船甚至踏板车常常会晕，所以我拒绝登上要头朝下的游乐设施，况且我还清楚地记得上次我尝试时难受了整整一刻钟。但这由不得我！我玩疯了，很不想离开我新结识的朋友们。

中午，我们到著名的纳森饭店（Nathan's Famous）去吃热狗。刚到纽约时妈妈就跟我提起过这家饭店。如果招牌上写得没错，这家饭店1916年起就有了。不可思议吧？饭店老板好像每年7月4日国庆节都会组织吃汉堡大赛。特洛伊说，将来有一天，他肯定能赢，逗得我们哈哈大笑。但纳森饭店里没有布丁。我告诉埃唐什么叫布丁，但他说他从来没有听说过。有点奇怪，不是吗？也许那是魁北克的特色食物……"肯定是！"阿丝特里德和卡罗琳娜也

4月7日星期二

说,她们同样也不知道。

后来,小伙子们想到射击摊上去试试运气。由于埃唐的右臂还能活动,他向其他人提出了挑战,想赢一个巨大的玩具熊。比赛规则是把一个篮球扔到一个斜挂着的篮子里,用力要恰到好处,动作要灵巧,不能让球弹起来。

大卫尝试了很多次都不成功,他抱怨道:"我在想,篮底是否藏着弹簧,否则球怎么可能进不去呢?"

"哥,你总在找理由,是你自己没有投中。"埃唐嘲笑道。

不管怎么说,埃唐做到了。他把球投进了篮子的正中间,球没有再动弹。当他把玩具熊送给我的时候,我的脸红得像番茄……但我心里很高兴。这是我有过的最大的绒毛玩具。我很喜欢,并暗暗地决定把它叫作"埃唐"。但想到这里,我又问自己:带着它我是否上得了飞机?

下午剩下的时间,我们仰卧着,欣赏着天上懒洋洋的几片云。小伙子们跟我们讲述他们的梦想:将来有一天一定要成为著名的舞蹈家。

"那样,我就能让外婆过上好日子了。"大卫说。

"我相信你最后一定能做到的。"卡罗琳娜回答说。她紧紧地抓住大卫的手,大卫早已抓住她的手。

下午6点

回酒店的时候,我头发里有沙,眼睛里有泪。

这是我在纽约的最后一个晚上了,因为我和妈妈明天就要回家了。向新朋友们告别时,我的嗓子哽住了,我很难克制住自己激动的心情。

"可惜,对于喜欢旅行的人来说,这就是现实。"妈妈说,"总是要不断地向自己喜欢的人,向自己刚刚与之建立起亲密关系的人说再见。"

"那我讨厌旅行!"

"别这么说,女儿。你知道,很有可能将来还会再见到他们。"

"也许,但在这之前,真的让人很难受。"

"好了,女儿,过来,我懂你!"

我泪汪汪地扑到了她的怀里。

4月7日星期二

晚上7点

为了安慰我,妈妈想带我到百老汇和时代广场逛街,"可能买点东西。"我想,这是在曼哈顿最后一晚所能做的最好的事。由于这是最后一次逛街了,我想看个够。妈妈也是同样的心态,尽管我们对什么是"难以忘记"的地方可能有不同的定义。我建议回梅西百货去,她却告诉我她"极"想去巴诺书店(Barnes & Noble)。记住了,那是一家书店,而不是时装店或是剧场,是一家卖书的商店。

真是服了她了!

"好吧,我的亲妈,那咱们就去那儿吧!"

于是我们从百老汇往北,也就是说往中央公园的方向去。在每个街角,我都觉得看见了特洛伊和他的哥哥们。遗憾的是,事实并非如此,因为萨米和埃唐都受伤了。但愿他们不会很快就缺钱……

一到时代广场,无数广告牌闪耀着五颜六色的光芒,马上让我高兴起来。我觉得太漂亮了!一排排海报在自豪地介绍今晚将上演的各种音乐剧。抬头欣赏着这些海报,我心想,将来有一天,我一定要回到这里来看卡罗琳娜和阿丝特里德,也许还有特洛伊、埃唐、大卫和萨米的演出或舞蹈。我闭上眼睛许愿。

妈妈让我好好欣赏克莱斯勒大厦的外形,它以远远的天空为背景,正在拥抱夕阳。

"看,它多美啊!它的楼顶在阳光下闪耀,因为那里全部包着不锈钢片。在帝国大厦建造完成之前,它一直是世界第一高楼。这绝对是我在纽约最喜欢的建筑。"

"我最喜欢的是熨斗大厦,将来也会如此。我太喜欢它了。"

"它确实也很漂亮。女儿,咱们去纪念品商店给你买个熨斗大厦的小模型怎么样?"

"真的?太好了!"

晚上8点

现在我们来到了第五大道。那里有许多面向富人的奢侈品店、高级服装店、珠宝店和其他商店。为了让妈妈高兴,我们到洛克菲勒中心(Rockefeller Center)转了转,那个巨大的建筑群由许多大厦构成,

4月7日星期二

其中包括著名的无线电城音乐厅（Radio City Music Hall）。中心广场有许多喷泉，喷泉中间有一个举着火炬的普罗米修斯雕像。在古希腊神话中，普罗米修斯是个大力士，他用黏土创造了人类，因此而出名。

"哇，"母亲夸张地说，"瞧我女儿多有文化！"

我的历史老师卡耶尔先生应该为我而骄傲，不是吗？冬天的时候，人们好像会把这个广场改造成滑冰场，并放上一棵巨大的杉树，上面挂着各种饰品。我以后得回来看看！我在想，埃唐是否会滑冰……

晚上8点30分

回到第五大道，我们来到蒂芙尼公司（Tiffany & Co.）的橱窗前，那是一家著名的珠宝店，妈妈激动得都要晕过去了。一个叫奥黛丽·赫本（Audrey Hepburn）①的人好像在这里拍过一部著名电影。我知道她，但商店的玻璃橱窗跟童话中的简直一模一样。

---

① 奥黛丽·赫本（1929—1993），出生于比利时的英国女演员，因主演爱情喜剧片《罗马假日》而获得第26届奥斯卡金像奖最佳女主角奖，1999年被美国电影学会评为"百年来最伟大的女演员"第3名。

"现在,最大也是这里卖得最贵的珠宝款式,都是帕洛玛·毕加索,也就是著名画家毕加索的女儿设计的。你能相信吗?"

"你都这样说了,我能不信吗?"

我很想进去看看,但妈妈不听我的,说我们不能穿着现在这样的衣服进这样的商店。妈妈有时不太"rap"①!如果她不喜欢自己的穿戴,为什么不给自己买新的呢?这很简单,不是吗?

"我们还没有去巴诺书店看看呢!"妈妈说着,拉住我的衣袖。

这样的妈妈对我有什么用呢?毫无诗意!不在天堂里享受却要去逛书店?不,亏她想得出来!更糟的是,我想她是认真的。

晚上9点

所以我们又回到了百老汇,来到了茱莉亚音乐学院旁边。运气不好,书店还没关门。

---

① rap,黑人俚语中的词语,意为"说唱",这里表达"酷""潇洒"的意思。

"宝贝,巴诺书店是纽约无可争辩的图书圣殿。"

"好吧。然后呢?"

"5层楼全部用来摆放各种类型的书:漫画、摄影图书、外国小说。我想给自己买本关于素食烹制的书。你也看一眼,我敢肯定你能找到让你感兴趣的东西。"

"你真的这样认为吗?"

你说吧,可怜的妈妈,但我不听!有时,我觉得她一点都不知道今天13岁的女孩对什么感兴趣。

"你看见了吗,宝贝?他们这里有安托万·德·圣-埃克苏佩里的《小王子》,英文版和西班牙语版的都有。你想要吗?"

"太酷了!"

"我很高兴能买来送你。"

我们收获颇丰地离开了书店:妈妈买了两本菜谱和贝拉克·奥巴马的一本传记。我买了一本贾斯汀·比伯的插图本传记和两个《小王子》的译本。我高兴极了。

"我们现在去哪儿?"

晚上10点

在珠宝店旁边,第五大道767号,是一家玩具店——FAO施瓦兹(FAO Schwarz)。这次,不可能不进去!这个地方是我一生中参观过的最神奇的地方。它建于1862年,是纽约非常著名的一个商业机构,它让我感兴趣的,是三楼的钢琴。人们可以把脚放在琴键上玩。天才吧?而且,玩具的品种甚至连想象力最丰富的孩子都想不到。你小时候一直想要但连想都不敢想的东西,这家商店里应有尽有。真是不可思议!这是一个神奇的地方,就像是童话中的国度。

晚上11点

在最有创意的商店里最后再转了转之后,我们原路返回,有点不情愿地回到酒店。我累坏了,双脚都迈不动了。而且,还要准备行李……

4月7日星期二

晚上11点15分

妈妈在淋浴。是个机会看看吉诺或吉娜是否在线。

> **吉诺**：你好，珠儿！
> （重新听到有人叫我珠儿，我感到又滑稽又温暖。）
> **我**：吉诺！你还在波士顿吗？
> **吉诺**：不在。我昨天已经回来了。别忘了，今天要上课。
> **我**：我完全忘了今天开学，这真是不可思议！
> **吉诺**：你不是开玩笑吧？
> **我**：不是。但在这个星期里发生了太多的事情。你不会相信的。
> **吉诺**：我永远相信你，你是我的朋友。
> **我**：我知道。但这次我遇到了一件让人难以置信的事情。
> **吉诺**：珠儿，你外出旅行，总会发生一些让人不敢相信的事情。
> **我**：那倒是，但这次是最最让人难以相信的事情。

吉诺：这正是我欣赏你的原因之一。

（我是在做梦，还是他真的是这样写的？是真的，因为这是白底黑字！）

吉诺：你不再说点什么吗？你想我们打开FaceTime吗？

我：不，我不能用电脑。你忘了？

吉诺：珠儿？

我：什么事，吉诺？

吉诺：你回到学校的时候，我有个惊喜给你。总之是有话要跟你说。

我：什么话？

吉诺：你很快就会知道的。

（天哪？会是什么呢？吉诺会那么严肃地告诉我什么呢？）

我：等等，至少要给我透点风。

吉诺：不可能。

我：说！

吉诺：我星期四说。

我：好吧，那就星期四，吉诺。

吉诺：再见，珠儿。

4月7日星期二

学校、课堂、老师、吉诺和吉娜,我觉得这一切离这里都如此遥远。我很难相信,星期四我就要回到那个世界里去了。正如我难以想象最近几天所发生的事情确实都发生过一样。但眼下,我最关心的,是吉诺星期四要告诉我什么秘密,如果真的有什么秘密。我希望我已经在那儿了。啊,不,我并不想这么快就离开纽约。我的头脑里完全乱了,我得好好想想。明天再收拾行李吧……

4月8日星期三

上午8点

"朱丽叶特·贝鲁贝!"

"什么事?"

当她连名带姓一起叫我时,事情可能就严重了。我努力睁开眼睛。

"你知道几点钟了?该起床了!我们的飞机中午12点起飞,你的行李还没收拾呢!"

"不是还有时间吗?"

"你说什么?还有时间?我们必须提前几个小时到机场。"

在这种情况下,最好还是不要顶嘴。幸亏,我只有两三件东西要塞进箱子里,比如说埃唐在康尼岛给我赢来的长毛绒玩具熊、妈妈给我买的新衣服、我们在巴诺书店买的书和另外几件纪念品。好，动手吧！

上午9点

唉，出问题了……我不明白为什么我的东西塞不进这个该死的箱子！应该说，到这里的时候，它就已经差不多塞满了。一切都是妈妈的鞋子惹的！好了，让我们动动脑子吧……我的数学老师会怎么做？算了，别提数学了，我搞不明白。也许先把玩具熊放进去，然后再放其他东西？但要这样做，首先得把箱子里的东西全部倒出来重新放。行了，动手吧！

上午9点15分

啊，我不确定这是一个好主意。我的T恤、内衣和牛仔裤塞进玩具熊手脚的空当之后，就没剩下多少空间放我的鞋子、牛仔上衣、毛衣、书籍、烫发器、玩具象和其他东西了。无望地尝试了几次之后，我不得不承认这一明显的事实：不可能全放进去……

"朱丽叶特·贝鲁贝！"

"听到了！来了，来了！"

她又出现在我面前，一手背在后面，一副嘲讽的神态：

"需要帮忙吗？"

"不需要。我自己可以……"

"你不要它了？"她从背后拿出一个我以前从来没有见过的运动包，问。

"这是什么？"

"上星期你跟那两个女孩出去玩的时候我给你买的。我想，你回家的时候也许用得着，可以当备用手袋。你觉得怎么样？"

"太好了！可你为什么不早说？"我伸手去接袋子。

"哎，应该怎么说？"

"什么'应该怎么说？'"

"想从别人手里拿手袋，应该怎么说？"

"妈妈，没有时间说蠢话了！"

"快说！"

"妈!"

"朱丽叶!"

"妈,请把这个袋子给我。"

"该怎么说?"

我做了一个鬼脸:

"谢谢。"

妈妈有时就像个孩子,真不可思议!

上午9点30分

我抱着埃唐送给我的大大的玩具熊,背着背包,费力地拖着一个装得满满的行李箱,满得拉链都要爆开了。糟透了!下次旅行,我一定要少带点东西,或者不带,可最后还是会带三个箱子。至少!幸亏,装着我们的鞋子的运动包由妈妈提着……

卡罗琳娜和阿丝特里德拿着一袋羊角面包在大堂里等我们,她们一定要送我们去肯尼迪机场。因为,不管怎么说,卡罗琳娜的父亲下午也要到机场。在出租车里,卡罗琳娜告诉了我们一个好消息。茱莉亚音乐学院的院长从电视新闻中看到她的不幸遭遇后，昨天晚上打电话给她了。当院长得知，这个女孩的麻烦是由住房问题引起的，她感到非常不安。好像学校附近的公寓里有两个维也纳姑娘刚刚腾出了一个房间，院长便把它给了卡罗琳娜和阿丝特里德，星期五下午她们就可以搬进去了。哇！这意味着麻烦解决了。不用再看破烂肮脏的房子了。我很为她们高兴。

"还没完呢！"阿丝特里德补充说，"大卫、萨米、埃唐和特洛伊的事让院长很激动，她给他们组织了一场试演，看能不能得到助学金。如果四个小伙子真的有才能，他们就可以去茱莉亚音乐学院免费上学，至少一年！"

"啊！天哪！太好了！"

我不由自主地大喊出来。这消息太振奋人心了！我激动得忍不住哭了。风向终于变了，埃唐和他的兄弟们时来运转了。我敢说，他们肯定能拿下这个助学金，他们当之无愧！他们的梦想会实现的，他们再也不用向外婆撒谎了。我太为他们几个高兴了！

一下出租车，我们就看见那四个小伙子在我们的航空公司的柜台前踮着脚尖,翘首以待。我太激动了!

"你们在这里干什么?真让人惊喜!"

"你们以为不告别我们会让你们走吗?"埃唐在我脸上吻了一下,说。

我开心死了,跳起来搂住他的脖子,然后是集体拥抱环节。妈妈拥抱小特洛伊时甚至都流泪了。

"你会给我写信吗?"埃唐递给我一张纸条,上面写着他的电子邮箱地址。

"那还用说!"

中午12点

飞机起飞了。我呢……哭了,在这场历险中,这似乎已是常态。真的,最近这两天,我哭得很频繁。埃唐、特洛伊、卡罗琳娜、阿丝特里德、皇后区的强盗帮、外婆的形象——在我脑海中掠过,我不敢相信那都是真的。我不想回家!我永远不会忘记我的朋友们!

我从高空看着纽约,妈妈给我服的抗晕药让我有点昏昏欲睡。我不想睡着,跟睡意做着斗争,但我的眼皮太沉重了……

"女儿?"

"呼——呼——呼!"

下午1点30分

机长刚刚通知,我们将在下午1点45分到达目的地。我现在完全清醒了,然后感到饿得要死。我急于回家,尤其是回到自己乱糟糟的卧室。为什么?这很正常,因为我习惯了。而且,这也许很难相信,但我确实有点讨厌在外面进餐了,我做梦都想吃意大利面!

跟着朱丽叶游纽约

纽约旅游小贴士

纽约,或叫纽约城、NYC(纽约城的缩写),是美国最大的城市,也是美洲大陆最重要的城市之一。它位于美国东北部的大西洋边,纽约州的东南端,由五个区("区"的英语为borough)组成:曼哈顿区、布鲁克林区、皇后区、布朗克斯区和斯塔滕岛(Staten Island)。这是美国人口最多的城市,居民超过800万人,也就是说,是美国第二大城市洛杉矶(Los Angeles)人口的两倍多。它更是世界上最迷人、最国际化的城市之一,每年接待5000多万游客。这可很了不起!如果你还想对这座城市了解得更多,那就跟着我走吧……

初到纽约,去曼哈顿

每天都有许多航班通过两个主要机场约翰·菲茨杰拉德·肯尼迪国际机场
(John F. Kennedy International Airport)和拉瓜迪亚机场(LaGuardia Airport)降落在纽约。第三个机场纽瓦克自由国际机场(Newark Liberty International Airport)位于距纽约不远的新泽西州。从这三个机场到曼哈顿有很多交通工具可供选择,到了航站楼,只需根据指示牌寻找出租车停靠的位置。如果你愿意搭乘地铁、公

共汽车或通勤车(shuttle),那就寻找地面交通(Ground Transportation)标志。

超级穿梭(SuperShuttle)公司(网址:http://www.supershuttle.com)则可以提供面包车,把你从机场送到你选择的目的地,价格实惠。不管怎么说,到曼哈顿估计要1个小时左右。

如果坐火车(购票网址:http://francais.amtrak.com/),可直达曼哈顿中心的宾夕法尼亚车站

（Pennsylvania Station），简称宾州车站（Penn Station）。

也有许多旅行社组团乘长途汽车前往纽约。

钱　币

小心！在美国，除了面值100美元的纸币，所有的纸币都很相像，它们全是绿色的，只靠标在纸币上的数字和印在正面的政治人物头像来区别。1美元的头像是乔治·华盛顿，2美元的是托马斯·杰斐逊，5美元的是亚伯拉罕·林肯，10美元的是亚历山大·汉密尔顿，20美元的是安德鲁·杰克逊，50美元的是尤里西斯·辛普森·格兰特，100美元的是本杰明·富兰克林。1美元和2美元没有硬币，1美分、5美分、10美分和25美分的硬币现在仍然流通。

交　通

参观曼哈顿最好的办法是步行。一路上有那么多东西可看，距离似乎都没那么长了。不建议骑自行车，因为人流太密集，除了在中央公园。在中央公园，自行车是王。如果要走得更远，或者从一个街区到另一个街区，地铁更为高效、安全、便捷。纽约有10多条地铁线,要在红线、绿线、紫线、蓝线、黄线、橙线、灰线或棕线中进行选择,最好先查阅一下地铁图。

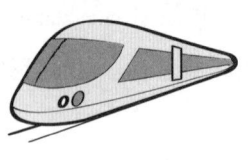

游 览

曼哈顿有许多令人激动的旅游景点,任何年龄段、各种爱好的人都能找到自己喜欢的地方。以下是我喜欢的地方和我亲爱的妈妈推荐的地方。

曼哈顿南端

埃利斯岛(Ellis Island)

1892年到1954年间,1700万渴望移民的人就是在这里中转的。埃利斯岛被叫作"眼泪岛",是许多寻找自己出身的美国人的朝圣地。那里还保留着许多动人的涂鸦和坐船来到该岛的人的物品。可以在曼哈顿南端的炮台公园(Battery Park)坐轮渡前往埃利斯岛。除了夏天那几个月,记得坐轮渡要穿得暖和点。

网址:http://www.ellisisland.org

自由女神像（Statue of Liberty）

你一定听说过这个巨大的雕像，其正式名字是Liberty Enlightening the World，意思是"自由照亮世界"。但你是否知道，这是1886年为纪念美国独立战争一百周年，法国人民为表示友好而送给美国人的礼物？雕像位于一个岛上，自由岛。要去那里，也必须从炮台公园坐轮渡。参观是免费的，但轮渡要付钱，登上雕像的王冠处也要买票。而且，要有耐心，排队等候的人龙可能会很长。

网址：http://www.statueofliberty.org/

布鲁克林大桥（Brooklyn Bridge）

如果想欣赏曼哈顿最漂亮的景色之一，不妨步行穿过布鲁克林大桥。这座桥长两公里，从1883年起就是纽约最著名最神秘的建筑之一。可以从公园路（Park Row）的中心街（Center Street）去那里。利用这个机会带你父母去看看布鲁克林高地（Brooklyn Heights）漂亮而迷人的历史地区。

唐人街（Chinatown）和小意大利（Little Italy）

唐人街和小意大利相距不远，纽约之行不去这两个地方看看将是不完整的。请睁大眼睛，张大鼻孔，你会喜欢这两个地方的。这话是我朱丽叶说的！格兰街的市场有纽约最好的食品并以此闻名，这条马路上的意大利甜品店的魅力确实无可抵挡，我现在想起来还流口水。如果要逛商店或买中国货，那就要去百老汇和桑树街之间的坚尼街。一定要去试试烤鸭！著名的北京烤鸭店就在这个街区的中心。

北京烤鸭店地址：莫特街（Mott Street）28号

网址：http://www.pekingduckhousenyc.com

中城（曼哈顿中心）往北

熨斗大厦（Flatiron Building）

福勒大厦位于百老汇大道和第五大道的交会处，但这座大厦因其独特的建筑造型通常被叫作"熨斗大厦"。这无疑是我在曼哈顿最喜欢的大楼。旁边有公园里的那种长凳，可以坐下来好好观赏。

地址：第五大道（Fifth Avenue）175号／百老汇大道（Broadway Avenue）

帝国大厦（The Empire State Building）

尽管它不再是世界第一高楼，这座102层的现代艺术风格的漂亮建筑仍是纽约最出名、来访人数最多的大楼之一。夕阳西下的时候，带着你的父母上楼顶看看美景！它位于第五大道和34街的交会处，离时代广场很近。

地址：第五大道350号/34街

网址：http://www.esbnyc.com

梅西百货商场（Macy's）

纽约的这座神秘大商场占据了先驱广场的一大片建筑群，在百老汇和第七大道之间。有人说，这是世界上最大的百货商场。商场很好辨认，因为它的墙面是红底白星。我敢打赌，你妈妈会喜欢的！

地址：西34街151号

网址：http://www.macys.com

时代广场（Times Square）

去纽约不去这个著名的广场转转是不可思议的。每天都有成千上万来自世界各地的人在这里友好地摩肩擦踵，这本身就是一道美景了，而到了傍晚，这地方会更加美丽。世界上最著名的音乐剧都在这里发布消息和演出。

抬头看看那种景象就可以了，数百个五光十色的电子屏幕播放着各种信息。漂亮！神奇！带你的父母去时代广场的游客中心（Visitor's Center）咨询一下，他们会告诉你有什么可看的。

游客中心地址：百老汇大道1560号（46街和47街之间）

网址：http://www.timessquarenyc.org

杜莎夫人蜡像馆（Madame Tussauds）

对于前往时代广场的年轻人来说，杜莎夫人蜡像馆也许是最吸引人的地方。你的某个偶像的蜡像很有可能就在其中！不过，你得有足够的耐心，因为有时排队的长龙很长很长……有什么好办法？提前购票。可以在网上买票的。

地址：西42街234号（7街和8街之间）

网址：http://www.nycwax.com

布赖恩特公园(Bryant Park)和纽约公共图书馆(New York Public Library)

布赖恩特公园不大,却是我在曼哈顿最喜欢的地方之一。也许是因为那里有免费的Wi-Fi。公园旁边,就是纽约市立图书馆的主馆,那是我母亲最喜欢去的地方之一。它确实很漂亮!免费入场,馆内也免费提供网络。此外,图书馆的纪念品商店里满是富有创意的礼品,价值不贵。

地址:第五大道和42街交会处

网址:http://www.nypl.org/

中央火车站(Grand Central Terminal)

纽约的中央火车站真是建筑艺术中的杰作,绝对应该去看看,哪怕是看看每天来此转车的人们。车站内的气氛热烈得无与伦比!如果你喜欢星星,光是画在主厅天顶的星座就值得你去看看。

地址:东42街87号/公园大道(Park Avenue)

网址:http://www.grandcentralterminal.com

百吉圈专卖店(Ess-a-Bagel)

这是喜欢吃百吉圈的人的天堂。我喜欢百吉

圈,我的朋友卡罗琳娜和阿丝特里德也很喜欢。

地址:第三大道831号 / 51街

网址:http://www.ess-a-bagel.com

克莱斯勒大厦(Chrysler Building)

克莱斯勒大厦是妈妈在曼哈顿最喜欢的大楼。这栋楼确实不错,装饰艺术风格,包着不锈钢。这是美国企业克莱斯勒公司定制的,1931年建成。在那个年代就能建造这么高的大楼,这有点不可思议,是吧?那时我母亲甚至都还没有出生。

地址:莱辛顿大道(Lexington Avenue)

联合国总部大楼(United Nations Headquarters)

联合国总部有多栋大楼,可付费参观。联合国是1945年第二次世界大战后由51个国家发起成立的,旨在维持国际和平与安全、发展国家间的友好关系、促进社会进步、创造更好的生活条件和进一步尊重人权。替你的历史老师作些记录吧。

地址:第一大道和46街交会处

网址:http://www.un.org

洛克菲勒中心（Rockefeller Center）

洛克菲勒中心是20世纪30年代设计的综合性大楼，包括19栋大楼，其中有著名的无线电城音乐厅（Radio City Music Hall）。美国全国广播公司（NBC）也位于这栋综合楼中。广场中间矗立着希腊神话英雄普罗米修斯的巨大雕像，非常漂亮。70楼有个观景平台，叫作"巨石之巅（The Top of the Rock）"，可以看到曼哈顿的另一面。

地址：从47街到51街（第五大道到第七大道之间）

圣帕特里克大教堂（St. Patrick's Cathedral）

这是纽约最大的天主教堂，也是美国最大的哥特式天主教堂，有130多年的历史，塔尖高达100米。这座教堂在第五大道的摩天楼群中不是特别显眼，但在当地的知名度却很高。教堂常年开放，可以花点时间进去看看，感受那份庄严，并欣赏教堂极具气势的空间感和精美华丽的建筑风格。

地址：第五大道（50街和51街之间）

现代艺术博物馆（The Museum of Modern Art）

这是纽约最漂亮的博物馆之一，主要陈列现

代艺术作品,但也能欣赏到像米罗(Miró)、毕加索(Picasso)、马蒂斯(Matisse)、凡·高(Van Gogh)等著名画家的作品。我非常喜欢米罗。你呢?

地址:西53街11号

网址:http://www.moma.org

蒂芙尼公司(Tiffany & Co.)

蒂芙尼也许是世界上最著名的珠宝店。今天在那里展销的最漂亮的珠宝,大多是著名画家巴勃罗·毕加索的小女儿帕洛玛设计的。每个月都有成千上万的参观者走进这家面向亿万富翁的珠宝店。如果你对富人和名人的生活感到好奇,此处是不得不去的地方。

地址:第五大道757号 / 57街

网址:http://www.Tiffany.com

巴诺书店(Barnes & Noble)

对于喜欢看书的人来说,巴诺书店确实像阿里巴巴的洞穴。去那里参观一下,买本小说或漫画,可以提高你的英语水平。书店有5层楼的各类商品,你会挑花眼的。

地址：第五大道555号

网址：http://www.barnesandnoble.com

中央公园及其周边

很难想象没有中央公园曼哈顿会怎么样。在岛屿中心的这个真正的绿洲里，纽约人在散步、慢跑、做瑜伽或骑自行车，人们也会去那里阅读、戏水、野餐、骑马或者前往动物园。父母常带孩子去那里，情侣们也喜欢在那里约会。别忘了去瞭望台城堡（Belvedere Castle）看一看！公园有东南西北四个门。南门可以从59街进去。

网址：http://www.centralparknyc.org

中央公园的动物园（Central Park Zoo）

该动物园位于中央公园的东南方，它比布朗克斯的动物园要小得多，展出部分濒临灭绝的动物，比如北极熊、柽柳猴、怀俄明蟾蜍和可爱的红色小熊猫。这些动物太可爱了！

网址：http://www.centralparkzoo.com/

茱莉亚音乐学院（The Juilliard School）

如果你像阿丝特里德和卡罗琳娜一样，梦想跳舞，甚至想跟特洛伊和他的哥哥们那样学单手跳和倒立旋转，或者是演唱歌剧，那就去茱莉亚音乐学院四周转转。这家纽约最著名的私立学校应该会让你感兴趣。

地址：林肯中心广场（Lincoln Center Plaza）

网址：http://www.juilliard.edu

美国自然历史博物馆（American Museum of Natural History）

这是世界上规模最大的自然历史博物馆，也是美国主要的自然历史研究和教育中心之一。该馆始建于1869年，1877年开馆，占地总面积超7万平方米，建筑物为古典形式，其古生物和人类学领域的收藏在世界各博物馆中占居首位，据说藏有3500多万种标本。除采自美国境内的标本外，南美洲、非洲、欧洲、亚洲、大洋洲的代表性标本也有收藏。

哇！毫无疑问，恐龙馆应该是你参观的重点。同时也别错过29米长的蓝鲸鱼残骸。

地址：中央公园西／79街

网址：http://www.amnh.org

大都会艺术博物馆（The Metropolitan Museum of Art）

这也许是世界上最著名的艺术博物馆之一，仅次于巴黎卢浮宫，它们与北京的故宫、英国伦敦的大英博物馆、俄罗斯圣彼得堡的艾尔米塔什博物馆并称"世界五大博物馆"。如果说，美国的自然历史博物馆主要回顾大自然的其他动物的历史，同时满足人类探索未知世界即外太空的好奇心，大都会艺术博物馆则回顾了人类自身的文明发展史。妈妈说，这家博物馆一生至少要来一次。

地址：第五大道1000号

网址：http://www.metmuseum.org

西尔维亚餐厅（Sylvia's）

西尔维亚餐厅是哈莱姆区顾客最多的饭店。如果你想试试灵魂料理，这种来自美国南部的餐食，我建议你去那里。绝对应该尝尝炸鸡。奖品是蓝调音乐和古老的爵士乐。酷毙了！

地址：马尔科姆X大道（Malcolm X Boulevard）

网址：http://www.sylviasoulfood.com

康尼岛（Coney Island）

如果你去纽约刚好碰到好天气，那就一定要去康尼岛转一转。这个半岛位于布鲁克林最南端。沙滩、旋转木马和热狗三重组合，缺一不可。你肯定会玩得开心、吃得高兴！千万别忘了带防晒霜、游泳衣和浴巾……

网址：http://www.coneyisland.com/

词汇表

中文	英文
不	no
是的	yes
你好!	Hi!
你好吗?	How are you?
对不起,请再说一遍。	Pardon me?
请	please
谢谢。	Thank you.
欢迎	welcome
上午	morning
下午	afternoon
晚上	night
昨天	yesterday
今天	today
明天	tomorrow
这里	here
那里	there
大	big
小	small
朋友	friend
什么?	What?
谁?	Who?
什么时候?	When?

续表

中文	英文
什么地方?	Where?
为什么?	Why?
这个东西多少钱?	How much is it?
现在几点?	What time is it?
您能帮助我吗?	Can you help me, please?
请问去帝国大厦怎么走?	Could you please show me the way to the Empire State Building?
我听不懂。	I don't understand.
我不会讲英语。	I don't speak English.
你叫什么名字?	What's your name?
一	one
二	two
三	three
四	four
五	five
六	six
七	seven
八	eight
九	nine
十	ten
十一	eleven
十二	twelve
十三	thirteen
十四	fourteen
十五	fifteen
十六	sixteen

续表

中文	英文
十七	seventeen
十八	eighteen
十九	nineteen
二十	twenty
三十	thirty
四十	forty
五十	fifty
六十	sixty
七十	seventy
八十	eighty
九十	ninety
一百	one hundred
一千	one thousand

纽约简史

在欧洲人到来之前,纽约这块土地上居住着美洲印第安人。这跟加拿大一模一样。1524年,意大利航海家乔瓦尼·达·韦拉扎诺(Giovanni da Verrazzano)是第一个正式发现纽约湾的人,他把它叫作"新昂古莱姆"。1624年,该地区被东印度公司属下的荷兰人所占领。30个殖民家庭居住在曼哈顿南部,形成了"新阿姆斯特丹(Nieuw Amsterdam)"。1664年,英国人征服了这个殖民地,把它叫作"纽约",以纪念英国的约克公爵。为了帮助大家追溯历史,以下是简要的年表。

纽约编年史

1524年	意大利航海家乔瓦尼·达·韦拉扎诺发现纽约湾,把它取名为"新昂古莱姆"。
1624年	纽约地区正式成为东印度公司属下的荷兰人领地。30个殖民家庭在曼哈顿南部安居,并把它叫作"新阿姆斯特丹"。
1664年	英国人征服了"新阿姆斯特丹",把它改名为"纽约",以纪念约克公爵。
1700年	纽约城迅速发展,已经有差不多5000个居民。
1785年	大陆会议在纽约召开,纽约成为美国的临时首都。
1789年	美国首任总统乔治·华盛顿在曼哈顿南部的联邦大厦(Federal Hall)对着《圣经》起誓。
1792年	一群商人聚集在现址华尔街68号的一棵美国悬铃木下,预示着现在世界闻名的纽约证券交易所的成立。
1820年	人口迅速增长,使纽约成为美国人口最多的城市,此时纽约的人口已在20万左右。
1842—1850年	由于天花蔓延,纽约开始修建引水渠,市政厅还成立了道渠处,建造公共浴室。

朱丽叶游纽约

1857年	中央公园治理工程开始。
1871年	纽约中央火车站竣工。
1882年	埃利斯岛成了移民进入美国的主要大门。
1883年	布鲁克林大桥落成。
1886年	自由女神像落成仪式,时任美国总统格罗弗·克利夫兰(Grover Cleveland)出席。
1904年	纽约第一家地铁公司"区间快线(Interborough Rapid Transit)"成立。
1930年	帝国大厦落成。
1931年	克莱斯勒大厦落成。
1973年	建筑师山崎石(Minoru Yamasaki)设计的世界贸易中心(World Trade Center)双子塔落成。
2001年	在"9·11"恐怖袭击中,双子塔被两架被劫持的飞机完全撞毁。此后,世贸大厦遗址被叫作"归零地(Ground Zero)",那里建了一个纪念馆和一座新塔——世贸中心一号(One World Trade Center)。
2019年	朱丽叶到访纽约。
20××年	你到访纽约。

问　卷

1. 在下列重要人物中找到外来者。
A. 迈克尔·布隆伯格
B. 鲁道夫·朱利安尼
C. 大卫·丁金斯
D. 亚伯拉罕·林肯

2. 纽约城的别称是什么?
A. 大城市
B. 大苹果
C. 美丽的苹果
D. 爱城

3. 纽约的自由女神像是谁送的?
A. 洛克菲勒家族
B. 亚伯拉罕·林肯
C. 法国人民
D. 洛杉矶的公民们

4. "纽约"这个名字是怎么来的?
A. 纪念一个美洲印第安首领约克舍尔

B. 纪念荷兰的约克城

C. 纪念英国的约克公爵

D. 纪念美国的一个著名花生酱制造商

5. 在以下名单中找出非纽约行政区的地方。

A. 曼哈顿区

B. 百老汇

C. 布鲁克林区

D. 皇后区

E. 布朗克斯区

F. 斯塔滕岛

6. 尼克斯篮球队（Knicks）选择纽约的哪个球场当主场？

A. 麦迪逊广场花园

B. 扬基体育场

C. 山顶球场

D. 谢亚球场

7. 现在纽约哪栋摩天大楼最高？

A. 世贸中心一号

B. 帝国大厦

C. 熨斗大厦

D. 克莱斯勒大厦

E. 纽约时报大厦

8. 著名的《纽约时报》是哪年创办的?
A. 1796
B. 1930
C. 1899
D. 1851

9. 我是纽约的金融中心。这个"我"是谁?
A. 百老汇
B. 华尔街
C. 时代广场
D. 麦迪逊大道

10. 洛克菲勒中心前面的雕像代表什么?
A. 海王星
B. 普罗米修斯
C. 宙斯
D. 阿波罗

11. 在唐人街的北京烤鸭店可以吃到什么著名的中国菜?
A. 美国南部风味的炸鸡
B. 罂粟籽的百吉圈
C. 烤鸭
D. 烟鲟鱼面条

答案

1. D，只有亚伯拉罕·林肯从未居住或活动过的市的市长。

2. B。

3. C。

4. C。

5. B，华盛顿不是纽约的一个区。

6. A，纽约尼克斯队篮球队和纽约游骑兵（Rangers）及另外几支球队都在麦迪逊广场花园举行自己的主场赛。

7. A，世贸中心之一号楼高541米，据其是美国第一大厦，443米。

8. D。

9. B。

10. B。

11. C。

朱丽叶游纽约